MITOS GREGOS

MARIA ANGELIDOU

MITOS GREGOS

Adaptação e notas
MIGUEL TRISTÁN e GABRIEL CASAS

Ilustrações
SVETLIN VASSILEV

Tradução
LIVIA DEORSOLA

LIVROS DA RAPOSA VERMELHA

SUMÁRIO

URANO, CRONOS E ZEUS, PAIS DOS DEUSES ... 9

HERMES, O LADRÃO ASTUTO ... 18

PROMETEU, O LADRÃO DO FOGO ... 25

A CAIXA DE PANDORA ... 31

DEUCALIÃO E PIRRA ... 39

APOLO E DAFNE ... 45

HÉRCULES E A HIDRA DE LERNA ... 52

O RAPTO DE EUROPA ... 58

TESEU E O LABIRINTO DE CRETA ... 63

O VOO DE ÍCARO ... 70

ÉDIPO E O ENIGMA DA ESFINGE ... 75

O MÉDICO ASCLÉPIO ... 81

ATALANTA, A CAÇADORA ... 87

O DESAFIO DE ARACNE ... 93

O OURO DE MIDAS ... 100

PERSEU E A CABEÇA DA MEDUSA ... 105

ORFEU NO INFERNO ... 114

ULISSES E O CAVALO DE TROIA ... 119

URANO, CRONOS E ZEUS, PAIS DOS DEUSES

No princípio dos tempos não existia nada além do Caos: uma infinita massa disforme em meio a um vazio desolador. Todas as partículas que um dia se tornariam matéria se aglomeravam e se agitavam num movimento incessante. Naquele imenso espaço, os átomos dançavam sem nenhum propósito, mas, de vez em quando, formavam algumas figuras básicas: linhas, círculos, ondulações... que não demoravam em desaparecer, como por encanto. Com o passar do tempo, as partículas mais pesadas se uniram até dar forma a Gaia (a Terra) e a Eros (o Amor).

Gaia era como um gigantesco prato ao redor do qual fluía, veloz, um rio chamado Oceano. Nas entranhas de Gaia, encontrava-se o Tártaro, o mundo subterrâneo, um lugar terrivelmente escuro e tão profundo que qualquer objeto que se jogasse ali demoraria nove dias para alcançar o fundo.

Querendo companhia, Gaia gerou sozinha Urano, o Céu estrelado, que dali em diante haveria de cobri-la e fertilizá-la para que ela se transformasse numa morada digna para os deuses. Gaia também deu à luz as altas Montanhas, com seus vales verdes e deliciosos, e Ponto, o mar bravo e espumoso.

Gaia amava Urano loucamente e nunca se cansava de olhar para ele. Urano também idolatrava Gaia e só pensava em abraçá-la todo o tempo. De seus constantes abraços nasceram rios, animais e plantas, além de uma multidão de filhos gigantescos e poderosos. Três deles eram os hecatônquiros, seres monstruosos, metade humanos e metade árvores, cada um com cinquenta cabeças e cem braços. Os três seguintes foram os ciclopes, gigantes de uma força descomunal, com corpos rochosos e semi-humanos, que tinham um olho só no meio da testa. Gaia deu à luz também seis titãs, seres sem forma concreta, mas que podiam adquirir aspecto humano.

Com medo de que, algum dia, seus formidáveis filhos lhe tomassem o poder, Urano decidiu arremessá-los nas profundezas do Tártaro assim que nascessem. Para tanto, rasgava o ventre de sua esposa e precipitava os filhos pelas fendas e precipícios mais profundos. Então, a Terra gemia de dor, as rochas se partiam e, de suas entranhas, saíam fumaça, lava e fogo.

Cansada de sofrer tanto e de suportar uma carga tão pesada em suas entranhas, Gaia gritou para o marido:

– Já chega! Quero ver os nossos filhos crescerem à luz do sol, quero aproveitar a companhia deles!

– Será que você não entende – disse Urano – que, assim que eles recuperarem a liberdade, vão querer me derrubar? O melhor lugar para eles são as suas entranhas!

– Isso não passa de um delírio da sua imaginação doente! Vamos, me devolva os meus filhos! – suplicou Gaia.

– Silêncio!!! – berrou Urano, irritado.

Enfurecida, Gaia elaborou um plano maligno para acabar com Urano: forjou uma enorme foice de bronze e ferro, com tantos dentes e tão afiados como os de um tubarão, e a escondeu no fundo de seu ventre. Em seguida, foi até os filhos e se lamentou:

– Ó, filhos meus, seu pai os condenou à escuridão perpétua e não me deixa viver com vocês! Tenham pena de mim e aniquilem Urano!

Intimidados pelo medo, todos ficaram em silêncio. Afinal, quem se atreveria a desafiar o todo--poderoso Urano? Por fim, Cronos, o mais novo e o mais inteligente de todos os filhos, armou-se de coragem e a confortou:

– Não se preocupe, mãe. Dou a minha palavra de que vou acabar com ele. De que vale um pai que odeia todos os seus filhos desse modo terrível? Afinal, foi ele o primeiro a ser implacável em suas ações.

E, sem pensar duas vezes, abriu passagem para as temíveis profundezas da Terra, encontrou a foice que Gaia havia escondido ali e a recolheu. De volta à superfície, escondeu-se no lugar que a mãe lhe havia indicado.

Naquela mesma noite, ardendo de desejo, Urano se lançou sobre Gaia feito uma tempestade furiosa, ansioso para engolir com suas mandíbulas negras a Terra inteira. Ao vê-lo abraçar a mãe, Cronos pegou com força a foice afiada, pulou feito uma fera de seu esconderijo, se interpôs entre os pais e, num golpe só, cortou os genitais de Urano e os atirou ao mar. Aquele pai cruel não voltaria mais a abraçar sua mãe...

Urano soltou um terrível bramido de dor e, quase sem forças, ameaçou o filho:

– O que você me fez vai se voltar contra você! Do mesmo modo que você destronou seu pai, um filho teu te derrubará...

Em seguida, seus lábios se selaram, e ninguém nunca mais voltou a escutar a sua voz.

Depois de vencer o pai, Cronos libertou seus irmãos titãs e titânides, que não tinham nenhuma ambição, e se proclamou rei. No entanto, para se assegurar de que ninguém pudesse lhe tomar o trono no futuro, manteve os ciclopes e os hecatônquiros no Tártaro, onde Urano os tinha prendido.

Durante o reinado de Cronos, apareceram sobre a Terra os primeiros humanos, que não precisavam trabalhar nem se esforçar, pois a natureza lhes proporcionava comida em abundância. Eles se alimentavam de frutos silvestres e mel, bebiam leite de cabra e ovelha. Não tinham preocupações e passavam o dia rindo, porque eram muito felizes. Era a chamada Idade de Ouro. Os humanos viviam em paz e harmonia, jamais entravam em disputa nem conheciam a guerra, não padeciam de nenhuma dor, viviam muitos anos com um aspecto juvenil e, quando chegava a hora da morte, caíam num profundo e pacífico sono. Por desgraça, aquela Idade de Ouro acabou quando o titã Prometeu roubou o fogo dos deuses e o entregou aos seres humanos.

Cronos se casou com a própria irmã Reia e, logo em seguida, seus descendentes começaram a nascer. No entanto, à medida que as gestações de Reia progrediam, cresciam a angústia e a ansiedade de Cronos. As últimas palavras de Urano ressoavam constantemente na cabeça dele, como o estrondo de uma tempestade ameaçadora: "Um filho teu te derrubará... Um filho teu te derrubará...". Para se libertar desse pesadelo insuportável, Cronos devorava seus filhos no mesmo instante que Reia os dava à luz. Primeiro foi Héstia, depois Deméter, mais tarde Hera, em seguida Hades e, por fim, Possêidon.

Quando chegou a hora do parto de Zeus, o terceiro de seus filhos homens, Reia se refugiou num lugar afastado e escuro numa montanha da Arcádia e, no meio da noite, deu à luz o menino. Ela então foi ver o marido e lhe entregou uma pedra envolta em fraldas, que Cronos, dominado pela angústia, não demorou em engolir, pensando que era seu filho. O rei imediatamente recobrou a calma, e um sorriso se esboçou em seu rosto. A esposa limitou-se a lhe devolver o sorriso...

Para proteger o filho, Reia o enviou a uma gruta da ilha de Creta e ordenou que o deitassem num berço de ouro no alto dos galhos de um carvalho robusto. Desse modo, o pai não o encontraria nem na terra, nem no céu, nem no mar. Foram as ninfas[1] Ida e Adrasteia que se encarregaram dos cuidados de Zeus, enquanto a cabra Amalteia o amamentava, e um enxame de abelhas que zumbiam na entrada da caverna fornecia o doce mel com que o alimentavam. E, para evitar que Cronos escutasse o choro do menino, os curetes, jovens guerreiros de armas reluzentes, batiam suas lanças contra os escudos.

Assim, Zeus cresceu a salvo da fúria do pai e logo ganhou a força e a astúcia necessárias para castigá-lo e lhe tomar o poder. Um dia, ele foi à procura de conselhos da astuta Métis, uma titânide muito difícil de encontrar, porque raras vezes ela adquiria uma

---

[1] Na mitologia grega, as ninfas são divindades que têm a aparência de meninas e que vivem em cavernas, florestas, rios e fontes.

forma concreta e preferia vagar invisível pelo ar. Quando Zeus por fim a encontrou, Métis havia ganhado corporeidade, mas mudava continuamente de forma, até que se transformou em uma criatura que era parte coruja, parte raposa e parte cobra.

– O que você deseja, Zeus? – perguntou Métis assim que o viu.

– Castigar Cronos por sua crueldade e ocupar seu trono.

Métis, que estava totalmente do lado de Reia, propôs:

– Vá ao palácio de Cronos no monte Ótris e convença Reia a fazer de você o copeiro do rei. Quando conseguir isso, sirva a Cronos uma taça deste elixir, feito de vinho, mel e ervas mágicas – disse, entregando-lhe um frasco, e imediatamente desapareceu.

Zeus fez o que Métis lhe aconselhou. Quando Cronos bebeu a taça de um gole só, retorceu-se de dor, começou a ter náuseas terríveis e vomitou com tanta virulência que, de suas entranhas, emergiram, um depois do outro, seus cinco filhos, ilesos e já crescidos, e até a pedra que tinha engolido achando ser Zeus.

Imediatamente eclodiu uma guerra sem trégua, que se prolongou por dez terríveis anos. De um lado, lutavam Cronos e os titãs, seres poderosos, porém desajeitados e tolos. Do outro, estava Zeus, apoiado por seus irmãos Hades e Possêidon, não tão fortes como os titãs, mas mais inteligentes e habilidosos. A força bruta lutava contra o talento.

Como os combatentes eram imortais, nenhum deles foi ferido nem morreu. A Terra era a principal vítima daquele conflito atroz.

Mitos gregos

O que já tinha sido um lugar aprazível e bonito havia se tornado um páramo[2] desolador: o ar era continuamente devastado por tempestades, e a luz do sol fugia horrorizada diante do ímpeto das chuvas torrenciais. Centenas de batalhas encarniçadas deixaram a Terra arrasada, toda coberta de restos de gelo e de pedra, desprendidos dos cumes das montanhas, ou rachada por precipícios e fendas que borbulhavam e expeliam rochas incandescentes.

Outra vez, Gaia estava sofrendo terrivelmente. Tinha que pôr fim àquela guerra interminável. Com esse propósito, aconselhou Zeus a libertar os ciclopes e os hecatônquiros, que ainda estavam presos no Tártaro. Zeus desceu até as entranhas da Terra, abriu as portas da fortaleza de ferro na qual Urano havia encarcerado seus filhos e os desacorrentou.

Na escuridão mais absoluta, os prisioneiros mal podiam mexer os membros atrofiados[3], suas mentes estavam embotadas[4], seus olhos pestanejavam inutilmente porque nada podiam ver. Não parecia que estivessem em condições de combater. Ao vê-los em estado tão lamentável, Zeus lhes ministrou uma poção que devolveu a eles as forças perdidas.

– Como sofremos nesta masmorra escura por culpa da crueldade de Cronos! – exclamou Brontes, um dos três ciclopes. – Estamos tão agradecidos a você, Zeus, que vamos fabricar armas invencíveis para ajudar a lutar contra o tirano. Moldaremos um capacete para Hades que o tornará invisível, um tridente para Possêidon com o qual poderá desencadear fortes ventos, ondulações

---

2 Terreno plano e sem vegetação, em que não é possível cultivar.
3 Membros do corpo que não se desenvolveram de forma devida.
4 Debilitadas.

e terremotos, e a você, Zeus, entregaremos um feixe de raios de poder devastador.

Com a ajuda de seu capacete invisível, Hades entrou na fortaleza de Cronos no monte Ótris e roubou todas as suas armas; em seguida, Possêidon o ameaçou com seu temível tridente e, por fim, Zeus lhe atirou um raio que o deixou aturdido. A um sinal de Zeus, emergiram do Tártaro os ciclopes e os hecatônquiros, que, com seus cem braços, arremessaram nos titãs uma autêntica enxurrada de pedras que lhes fez recuar aterrorizados.

A guerra, por fim, tinha acabado, e Zeus era o vencedor. Os titãs foram presos e transportados para o monte Olimpo[5], onde morava Zeus. O novo rei se apiedou de Prometeu e de Métis, que tinham ficado do lado dele na guerra, e castigou o titã Atlas, obrigando-o a sustentar a Terra e o Universo inteiro sobre seus ombros. Quanto ao restante dos titãs, Zeus os condenou a viver encarcerados para sempre no tenebroso Tártaro.

A Idade de Cronos e dos titãs chegava ao fim e começava a era dos deuses olímpicos. Instalado em seu palácio do monte Olimpo, Zeus decide desde então o destino de deuses e homens. Do seu trono, ele governa o Universo e vela pela ordem social e pela harmonia das relações entre divindades e seres humanos. No entanto, são muitos os insensatos que trabalham mal e resistem a acatar a vontade do pai dos deuses. Terrível engano! Pois Zeus tudo vê, tudo sabe e tudo acaba pondo em seu lugar.

---

5 O monte Olimpo realmente existe e está entre os mais altos da Grécia.

HERMES, O LADRÃO ASTUTO

Naqueles tempos longínquos, havia deuses para todas as coisas: para o sol e para a lua, para os raios e para os trovões, para o amor e para a guerra, para as casas e para as matas, para a caça e para o cultivo, para os pastores e para os marinheiros, para a música, para as viagens, para qualquer coisa. Além disso, todos os dias nasciam novas divindades e todas encontravam, em algum canto do mundo, um lugar para chamar de sua morada e para cuidar e proteger: a espuma das ondas, a cor das flores, as abelhas, o ferro, os cavalos, os sonhos e os pesadelos, o bom vinho e, inclusive, as brigas. Hermes, por exemplo, escolheu a arte de roubar, e não foi apenas o protetor de ladrões de gado, assaltantes e bandidos, mas ele próprio também se tornou um deus graças ao roubo.

Hermes era filho de Zeus, mas o pai dos deuses era muito promíscuo e mantinha relações amorosas com um grande número de deusas e de mortais. Para seduzi-las, com frequência se transformava em todo tipo de ser: um touro branco, uma chuva de ouro, um cisne... Zeus teve muitos filhos com suas numerosas amantes, a ponto de se dizer que não havia mortal ou imortal que ele não tivesse gerado, e por isso não é estranho que ele não prestasse muita atenção em alguns filhos.

A mãe de Hermes era Maia, uma belíssima ninfa que vivia sozinha na caverna mais cálida e agradável do monte Cilene. Apesar do isolamento, Zeus a descobriu em uma de suas incursões, apaixonou-se por ela e, depois de se transformar em esquilo, a seduziu e a possuiu.

Nove meses depois nascia Hermes, numa luminosa manhã. Após algumas horas apenas, o menino, ávido[1] por diversão e aventuras, desceu do berço, saiu da caverna e começou a explorar os arredores. No bosque, encontrou a carapaça de uma tartaruga, prendeu nela sete cordas feitas com as tripas de uma ovelha e assim inventou a lira. Ao tocar as cordas, o instrumento emitiu um som tão doce e melodioso que o menino se sentiu inspirado a cantar o amor entre seus pais, do qual ele era o divino fruto.

No início da tarde, Hermes decidiu percorrer metade da Grécia até chegar ao sopé do monte Olimpo, onde os deuses guardavam seus rebanhos nos ensolarados prados de Pieria. Todos os animais que existiam ali eram bonitos, mas as vacas do deus Apolo, um dos irmãos de Hermes, se destacavam entre todos os outros: tinham olhos grandes, corpos brancos e bem cevados, pequenos chifres de marfim e longas caudas, que mexiam preguiçosamente sob os raios do sol. Assim que viu as vacas, Hermes ficou tão encantado que decidiu ficar com elas.

Para dizer a verdade, não era o gado que lhe interessava, mas sim o roubo em si, o fato de levar os animais sem que ninguém percebesse. O pequeno Hermes elaborou um plano capaz de despertar a inveja do ladrão mais hábil. Arrancou pedaços da casca de um carvalho caído e os prendeu nos cascos das vacas usando juncos e galhos de videira. Para si, confeccionou sandálias com os galhinhos de uns arbustos. E, como tinha pressa, em seguida

---

[1] Ansioso.

empreendeu a viagem de volta à sua caverna. Hermes fez os animais do rebanho andarem de costas, para que suas pegadas confundissem qualquer um que lhes seguisse o rastro.

Quando Hermes e o gado passaram por Beócia, um ancião que estava lavrando a terra ficou atônito ao ver um bebê guiando vacas, que, ainda por cima, andavam de costas! Hermes aproximou-se do camponês e disse:

– Velho, você não viu nem ouviu nada do que acha que viu e ouviu. É melhor não dar com a língua nos dentes!

Ainda não tinha amanhecido quando Hermes chegou à caverna do monte Cilene, deu de comer às vacas, matou duas delas como sacrifício aos deuses e pôs suas peles para secar sobre uma pedra. Em seguida, se estendeu debaixo de uma árvore e, para se distrair, começou a tocar a lira e a cantar melodiosamente. O doce som da música despertou a sua mãe, que reagiu zangada:

– Está vindo de onde a essa hora, sua peste? E de onde saíram todas essas vacas? Anda, vá com seu pai, que só te fez para ser a vergonha de deuses e homens!

– Mãe, como você pode falar assim com uma criança que acabou de nascer e que não sabe nada sobre o mal, mesmo se assustando quando a mãe briga desse jeito? Você tem que entender que

escolhi o ofício que mais combina comigo e o que mais vai ajudar a nos sustentar: quero ser o príncipe dos ladrões.

Enquanto isso, o deus Apolo, que também era filho de Zeus, se deu conta do roubo e revirou céu e terra em busca de seu gado. Encontrou as estranhas pegadas que iam na direção de Pieria e desconfiou que se tratava de alguma artimanha. No caminho, viu Bato, o camponês de quem Hermes exigiu silêncio, e lhe perguntou:

– Você não viu passar um rebanho de vacas por aqui?

– Por aqui passa muita gente – respondeu Bato –, e eu sempre estou muito ocupado cultivando as minhas videiras. Mas, pensando bem, ontem acho que vi um menino guiando um rebanho de vacas que andavam para trás. Mas não tenho certeza, na verdade, pode ter sido uma alucinação.

Apolo então se encaminhou furioso ao monte Cilene e invadiu a caverna de Maia. Ao ver entrar seu irmão tão fora de si, Hermes se escondeu debaixo dos lençóis do berço.

– Diga a seu filho que me devolva o que é meu! – Apolo exigiu de Maia. Os olhos do jovem deus ardiam de cólera. – Nunca tinham me roubado antes e não vou permitir que seja ele o primeiro a fazer isso!

– Ficou louco, Apolo? – replicou Maia. – Como um bebê poderia roubar um rebanho de você? Meu filho ainda está dormindo no berço, nem ao menos sabe andar!

– Louco, eu? E o que você tem a dizer sobre essas peles de vaca postas para secar? – e, voltando-se para o menino, disse: – Ou me diz agora mesmo onde está o meu gado ou jogo você na escuridão do Tártaro!

– Não sei nada das suas vacas! Se você tomasse conta delas direito, não as teria perdido!

Indignado, Apolo jogou as peles sobre os ombros, pôs Hermes debaixo do braço e o levou ao palácio dos deuses, no topo do Olimpo. Uma vez lá, na presença de Zeus e do restante dos imortais, acusou o pequeno de roubo.

Zeus ficou pasmo.

– É verdade o que o teu irmão está dizendo? – perguntou ao filho recém-nascido.

– Bem, digamos que, de certo modo, quem sabe, ele pode ter um pouco de razão... – respondeu Hermes. – Mas a minha intenção não era ficar com o gado dele. Eu pensava em devolver, com exceção de dois animais, que quis sacrificar aos doze deuses que aqui...

– Mas o que este aí está dizendo? – perguntaram-se os olímpicos. – A quais doze deuses ele se refere? Aqui somos apenas onze...

– Contando comigo somos doze – respondeu Hermes. – Além disso, com as vísceras das vacas sacrificadas, eu fabriquei uma lira de melodia doce, que quero dar ao meu irmão Apolo, pois sei o quanto ele ama música. – E, para demonstrar a beleza do instrumento, Hermes o tocou e entoou uma canção na qual louvava os deuses e a bondade e a beleza de Apolo.

A harmonia inebriante da lira cativou o coração de Apolo e fez com que ele desejasse ardentemente possuí-la; seu som doce lhe inspirava paz, amor e alegria. Aquele instrumento valia mesmo todas as vacas do mundo.

– Se você me der a lira, pode ficar com as vacas e cuidar delas – disse Apolo, que era o deus das profecias, a luz da verdade e da beleza, mas queria também ser o deus da música. – Mas tem que me prometer que não vai roubá-la de mim...

– Prometo. Então, trato feito! – respondeu sem demora Hermes, que, de repente, intuiu a possibilidade de continuar negociando.

– Falando nisso, deixa eu te mostrar uma flauta esplêndida, feita com juncos, que eu adoro, mas que estaria disposto a trocar pela sua vaca de ouro...

Apolo estava disposto a abrir seus lábios divinos para aceitar a nova oferta, mas Zeus intercedeu para evitar que seu filho recém-nascido voltasse a conseguir o que queria.

– Já chega de acordos e negociatas! Você é bem capaz de roubar o raio do seu próprio pai! É esperto, astuto, alegre e persuasivo, como os bons ladrões. Vai ser, então, o deus do roubo! Irá proteger e conduzir bandidos, comerciantes e emissários, e será também mensageiro dos imortais!

– Trato feito! – respondeu Hermes muito satisfeito. – Você não vai se arrepender de ter me concedido essa honra, pai. Aliás, pensei aqui que eu poderia me encarregar de algumas outras coisas: dos passageiros e das viagens aos infernos, e tudo relacionado com o mundo dos ladrões, como o comércio, as fraudes, a trapaça, os dados e as balanças. E, como sou muito veloz, acho que não seria demais se eu fosse também o deus dos atletas...

– Se você não me fizesse rir, eu mesmo te jogaria no Tártaro! E agora desapareça da minha frente, seu pilantra!

E assim foi que Hermes se tornou um deus olímpico. Ainda hoje ele corre de um lado para o outro com suas sandálias aladas, fazendo negócios e inventando novas travessuras. Talvez por isso os mortais o elegeram para proteger seus lares, embora, de vez em quando, esse deus tão pícaro[2], que não é de confiança, os faça se perder pelo caminho nas profundezas da noite.

---

2 Aquele que vive de ardis e espertezas, muitas vezes para conseguir lucros e vantagens.

PROMETEU, O LADRÃO DO FOGO

Os deuses estabeleceram seu lar no elevado cume do monte Olimpo, perto das estrelas. Naquele lugar idílico[1], levavam a mais prazerosa das vidas: passeavam placidamente por seus jardins agradáveis e coloridos, realizavam grandes banquetes em seus palácios de mármore e estavam sempre ingerindo néctar e ambrosia, um licor e um alimento dulcíssimos, que asseguravam a imortalidade deles.

Enquanto isso, os homens levavam a vida lá embaixo, na Terra. Tinham sido criados com argila e passavam seus dias lavrando os campos e criando gado. Nos momentos difíceis, rezavam aos deuses para lhes pedir auxílio, e depois lhes agradeciam pela ajuda recebida com oferendas[2]. De cada colheita que os homens faziam e de cada animal que sacrificavam, queimavam a metade nos templos, e assim a oferenda, transformada em fumaça, chegava até o cume do Olimpo.

Tudo corria bem até que, um dia, depois de terem matado um robusto boi para comê-lo, os homens começaram a discutir sobre com qual parte do animal deviam ficar e qual porção tinham que oferecer aos deuses.

---

[1] Agradável e belo, paradisíaco.
[2] Presentes que se oferecem a um deus para demonstrar gratidão por um favor ou para pedir ajuda.

– Vamos ficar com a carne e queimar os ossos – propunham alguns.

– Não digam maluquices! – exclamavam outros. – Se dermos aos deuses a pior parte, eles vão nos castigar sem piedade.

– Mas do que vamos nos alimentar se entregarmos a carne?

O próprio Zeus, pai dos deuses, entrou na contenda.

– A carne do boi deve ser para nós – disse.

Os homens, no entanto, resistiram a entregá-la, de modo que a discussão se prolongou por muito tempo. Por fim, Zeus propôs que Prometeu decidisse como o boi deveria ser repartido.

– Prometeu é sábio e justo – disse – e encontrará a solução mais adequada. Aceitaremos sua decisão e, daqui em diante, todos os animais serão repartidos exatamente como Prometeu determinar.

Prometeu pertencia à raça dos titãs, que inclusive tinham sido criados antes dos deuses. Todo mundo o admirava por sua sabedoria e astúcia. Ele não só podia prever o futuro, como dominava todas as ciências e todas as artes: a medicina e as matemáticas, a música e a poesia... Sua mente era poderosa e veloz como um cavalo a galope. Quando Zeus expôs a ele o dilema da divisão do boi, Prometeu se sentou para meditar e entabulou em sua consciência um longo diálogo consigo mesmo.

– É natural que os homens resistam a entregar a carne – pensou a princípio. – São eles que criam o boi, e têm direito a ficar com a melhor porção.

– Sim, Prometeu – respondeu a si mesmo –, mas você esquece que os deuses são ambiciosos e egoístas. Não vão aceitar que os homens fiquem com a carne...

– Mas os deuses não precisam dela... Bebem néctar o tempo todo e ainda têm ambrosia para saciar a fome. Em compensação, os homens têm que comer para sobreviver...

— Se entregar a carne aos homens, Zeus ficará zangado.

— Então é preciso fazer com que Zeus acredite que a decisão de ficar com os ossos tenha sido tomada por ele mesmo...

Prometeu elaborou a artimanha de que precisava. Em seguida, escalpelou o boi, esquartejou-o e dividiu os restos do animal em duas grandes pilhas. Quando tudo estava preparado, chamou Zeus e lhe pediu que escolhesse a pilha que preferia.

— Escolha bem — alertou Prometeu —, porque você já sabe que, daqui em diante, todos os animais sacrificados pelos homens serão repartidos do mesmo jeito que esse boi.

Prometeu disse essas palavras com a cabeça baixa, para evitar que Zeus reconhecesse em seus olhos o brilho temeroso do engano. Zeus observou as pilhas. Uma lhe pareceu cinzenta e pouco apetitosa, enquanto a outra lhe atraiu por causa de seu aspecto reluzente. De modo que não precisou pensar muito. Apontou a pilha reluzente e disse:

— Esta é para nós.

Hermes, o filho de Zeus, estava presente na conversa. Como era especialista em artimanhas, não era fácil enganá-lo. Ele se aproximou do ouvido de Zeus e disse num sussurro:

— Calma, meu pai. Tem alguma coisa esquisita nessa divisão... Não viu que Prometeu abaixou a cabeça quando falou com você? Ele sempre olha na cara...

— Sou o pai dos deuses — refutou Zeus —, então é lógico que Prometeu tenha um pouco de medo de mim. Não é o primeiro que abaixa a cabeça ao me olhar. E te garanto que não será o último.

Então Zeus voltou a se dirigir a Prometeu, apontou a pilha que lhe apetecia e disse:

— Ficamos com esta!

Zeus não demorou a perceber o grande erro que tinha cometido. Prometeu tinha posto numa pilha a carne e as vísceras do boi e depois tinha coberto tudo com o estômago, que é a parte mais insossa do animal. Na outra pilha, tinha colocado os ossos e os tendões, mas os tinha coberto com a gordura, cujo brilho desperta o apetite. Zeus, claro, tinha escolhido esta última pilha. Então, quando chegou ao topo do Olimpo e descobriu a artimanha, ficou louco da vida.

– Prometeu zombou de mim! – rugiu, e sua cólera foi notada na Terra, porque o céu ficou repleto de raios. – Mas vou me vingar, ah, se vou! De agora em diante, nós, deuses, nos conformaremos com a pele e os ossos dos animais, mas os homens terão que comer a carne crua!

Naquele mesmo dia, Zeus roubou o fogo dos homens para que tivessem que comer os alimentos crus. Sem fogo, a vida na Terra se tornou insuportável. Os homens não tinham o que fazer contra o frio glacial que lhes fazia tremer nem contra o medo da escuridão que os atormentava à noite. Prometeu, ao vê-los sofrer tanto, se comoveu.

"Pobre gente", pensou, "vou ajudá-los de alguma forma."

No dia seguinte, Prometeu subiu ao monte Olimpo e, sem que ninguém o visse, aproximou uma pequena farpa do fogo que Zeus tinha arrebatado dos homens e a guardou numa casca de noz. De volta à Terra, com aquela farpa acendeu uma tocha e a deu aos homens, para que pudessem se aquecer de novo. Mas, quando Zeus viu, do Olimpo, que o fogo havia voltado a arder na Terra, sua fúria não encontrou limites.

– Prometeu nos enganou de novo! – bramiu. – Ele nos ridicularizou diante de toda a humanidade!

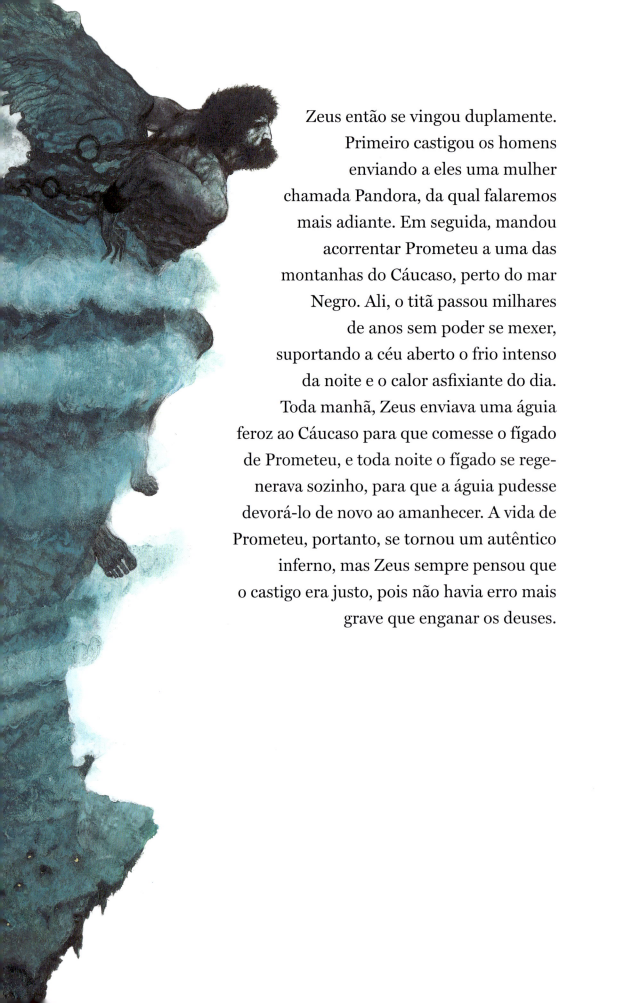

Zeus então se vingou duplamente. Primeiro castigou os homens enviando a eles uma mulher chamada Pandora, da qual falaremos mais adiante. Em seguida, mandou acorrentar Prometeu a uma das montanhas do Cáucaso, perto do mar Negro. Ali, o titã passou milhares de anos sem poder se mexer, suportando a céu aberto o frio intenso da noite e o calor asfixiante do dia. Toda manhã, Zeus enviava uma águia feroz ao Cáucaso para que comesse o fígado de Prometeu, e toda noite o fígado se regenerava sozinho, para que a águia pudesse devorá-lo de novo ao amanhecer. A vida de Prometeu, portanto, se tornou um autêntico inferno, mas Zeus sempre pensou que o castigo era justo, pois não havia erro mais grave que enganar os deuses.

A CAIXA DE PANDORA

Um dia, pouco antes de mandar Prometeu ao Cáucaso, Zeus desceu do Olimpo para visitar seu filho Hefesto. Hefesto era ferreiro e trabalhava numa escura caverna subterrânea, situada na ensolarada ilha de Lemnos[1]. Sua frágua[2] era a coisa mais parecida com o inferno. O fogo estava sempre aceso, e o ferro em brasa irradiava um calor insuportável. E, no entanto, Hefesto se sentia muito à vontade naquele lugar, onde trabalhava sem descanso, dia e noite, fabricando correntes para os presos, ferraduras para os cavalos, capacetes e espadas para os guerreiros... Na verdade, Hefesto usava o trabalho para se isolar dos outros deuses, que zombavam dele porque ele era feio e manco. Ele nunca recebia visitas, por isso ficou completamente surpreso no dia em que Zeus entrou em sua frágua.

– O que te traz aqui, pai? – perguntou.

Zeus tinha o olhar ausente. Parecia perturbado por um grave desgosto.

– Prometeu nos enganou de novo – disse. – Primeiro, nos deixou sem carne, e agora subiu em segredo ao Olimpo e devolveu o

---

1 Hefesto é o deus do fogo e da forja. Lemnos é uma ilha do mar Egeu, localizada perto da Turquia.
2 Oficina onde trabalha o ferreiro, aquecendo os metais com fogo para lhes dar forma.

fogo aos homens... Nos fez passar por bobos! Mas vou mostrar a ele até onde chega o nosso poder. Vou dar uma lição nos homens que eles nunca vão esquecer. Você quer me ajudar, Hefesto?

– Claro, pai. Me diga: o que tenho que fazer?

– Quero que você crie uma mulher.

– Uma mulher?

Naquele tempo, já existiam as deusas, mas a Terra ainda não havia sido pisada por nenhuma mulher.

– Vou usá-la para me vingar dos homens – explicou Zeus.

– E como você quer que ela seja?

– Tem que ser muito bonita. Preste atenção em Afrodite e a faça como ela.

Afrodite era a deusa do amor e dona de uma beleza perfeita. Era óbvio que qualquer mulher que se parecesse com ela despertaria grandes paixões nos homens. Hefesto, então, modelou uma figura com argila à imagem e semelhança de Afrodite. Empregou toda a força de suas grandes mãos para dar forma ao tronco, à cabeça, aos braços e às pernas, e em seguida foi modelando os finos lábios, o longo pescoço, a espessa cabeleira... A beleza da criatura era tão deslumbrante que Zeus, sentado à sombra, ficou impressionado.

– Vai se chamar Pandora[3] – disse a Hefesto –, porque carregará dentro de si todos os dons imagináveis.

---

3 Pandora, em grego, significa "aquela que tem todos os dons".

Então, Hefesto se inclinou sobre Pandora com a intenção de soprar-lhe a boca, pois foi assim que o sopro da vida foi infundido nos homens. Mas Zeus o deteve.

– Espere, Hefesto – disse. – Uma criatura perfeita merece o sopro perfeito.

Então Zeus chamou os quatro ventos: o do norte, que trazia o frio; o do sul, que trazia o calor; o do leste, que trazia as tristezas e as alegrias; e o do oeste, que trazia palavras, muitas palavras. Assim que os ventos sopraram sobre Pandora, a criatura começou a se mover. Em seguida, Zeus convocou os deuses e lhes disse:

– Quero que vocês concedam a esta mulher todos os dons que possam existir num ser humano.

Durante um dia inteiro, os deuses desfilaram pela frágua de Hefesto para conceder a Pandora os mais variados dons: doçura e graça, inteligência e astúcia, habilidade para tecer e para lavrar a terra, fertilidade para dar à luz muitos filhos, boa voz para cantar, um sorriso amável que inspira confiança... Quando Pandora já havia recebido todos os dons, Zeus disse:

– Você agora já está preparada para estar junto aos homens. Mas antes tenho que te dar o meu presente... Veja.

Zeus pegou uma linda caixa de ouro e a estendeu a Pandora.

– É muito bonita... – ela disse. – O que tem dentro?

– É melhor não saber, Pandora. Agora, me prometa que nunca, em hipótese alguma, você abrirá esta caixa.

– Prometo.

– Você tem a minha bênção, Pandora – disse Zeus, e com suavidade tocou a cabeça da jovem. – Ah, já ia me esquecendo! Quero te dar um último presente...

Então, Zeus encheu os pulmões de ar e soprou sobre o corpo de Pandora. Desse modo, proporcionou-lhe um último dom, o mais perigoso de todos: a curiosidade.

Em seguida, Hermes, o mensageiro dos deuses, conduziu Pandora até a Terra e a deixou às portas da casa do titã Epimeteu. Epimeteu era irmão de Prometeu, mas não se parecia nada com ele. Enquanto Prometeu era hábil e astuto, Epimeteu se destacava por sua estupidez e ingenuidade. Quando Epimeteu viu Pandora, ficou tão deslumbrado com sua beleza que imediatamente decidiu se casar com ela.

– Não faça isso – disse Prometeu.

– Por que não? – replicou Epimeteu. – O que tem de mau em se casar com uma mulher? A solidão, irmão, é uma carga muito pesada, e tenho certeza de que Pandora vai encher a minha vida de alegria...

– Essa garota é um presente dos deuses, e os deuses nos detestam desde que roubei o fogo deles...

– Está me dizendo que Pandora é um castigo? Que maluquice! Como uma mulher tão linda, que canta como os pássaros e me olha com tanta doçura, pode ser um castigo?

– Você esquece que posso ver o futuro – concluiu Prometeu –, e sei que Pandora não vai nos trazer nada de bom.

Epimeteu, no entanto, estava tão apaixonado que não houve jeito de fazê-lo mudar de ideia. Em poucos dias se casou com Pandora, e foi feliz a seu lado por um certo tempo. Com os dons que tinha recebido dos deuses, Pandora encheu a casa do marido de lindos tecidos e plantou em seu jardim as mais belas flores. A qualquer hora se ouviam risadas e cantorias naquele lugar abençoado. Pandora aproveitava toda ocasião para acariciar o marido e lhe lançar olhares repletos de ternura, de modo que Epimeteu não podia pedir mais nada da vida. Pandora, em compensação, não conseguia ser completamente feliz, porque, dia e noite, ouvia dentro de si uma voz que perguntava sem descanso:

– O que será que tem na caixa de ouro? O que será que tem na caixa de ouro?

A mosquinha invisível da curiosidade tinha se apoderado da alma de Pandora e zunia em seus ouvidos com virulência:

– O que será que tem na caixa de ouro? O que será que tem na caixa de ouro?

Antes de deixá-la partir, Zeus tinha pendurado no pescoço de Pandora uma corrente de ouro. A jovem a olhava a todo momento, com certa ansiedade, pois da corrente pendia uma chavinha dourada, que servia para abrir a caixa de ouro. Mais de uma vez Pandora esteve prestes a soltar a chave e abrir a caixa, mas sempre acabava pensando: "Não, não posso fazer isso. Prometi a Zeus que jamais abriria a caixa."

No entanto, chegou um dia em que Pandora não conseguiu aguentar mais. Sua curiosidade era tão forte que ela nem conseguia dormir, então finalmente cedeu à tentação e abriu a caixa. Na mesma hora, soou um zumbido estrondoso, como o de um enxame de milhares de abelhas enlouquecidas. Pandora compreendeu

que tinha cometido um grave erro. Zeus tinha fechado naquela caixa todas as desgraças que arruínam a vida dos seres humanos: a feiura e a mentira, a tristeza e a angústia, o ódio furioso, o trabalho inútil que exaure e não serve para nada, a peste que mata homens e animais... Pandora ergueu a tampa da caixa apenas um pouquinho, mas foi o suficiente para que saíssem ao mundo todas as desgraças. Empurradas pelos ventos, a maldade, a mentira e a doença alcançaram todas as casas da Terra, e imediatamente gemidos de dor e prantos de sofrimento começaram a ser ouvidos.

Era o que Zeus esperava: sua vingança acabava de se completar. Das alturas do Olimpo, o deus sorriu e disse solenemente:

– Agora os homens compreenderão de uma vez por todas que não se deve enganar os deuses.

A Terra teria sido totalmente aniquilada, não fosse pela última coisa que saiu da caixa: um leve alento, uma dádiva. Hefesto a colocara escondida no fundo da caixa, porque amava Pandora, que era criação sua, e não queria vê-la morrer. Aquela dádiva era a esperança. Movidos por ela, os seres humanos decidiram seguir em frente, apesar de todas as desgraças. Não importava o tanto que tivessem que sofrer: sempre conservariam a esperança de uma vida melhor, na qual não existissem nem a dor nem o sofrimento, nem a guerra nem a morte.

DEUCALIÃO E PIRRA

Quando Pandora abriu a caixa, os homens começaram a guerrear entre si. Batalhas foram travadas em campos e cidades, e sangue foi derramado em todos os cantos da Terra. Zeus, indignado, fulminou com seus raios centenas de pessoas, para adverti-las de que deviam abandonar toda aquela violência. Mas os homens não o ouviram. Então, Zeus escureceu o céu e gritou:

– Já que vocês são todos bárbaros feito animais, vou apagá-los da face da Terra! Que a água inunde o mundo até não sobrar ninguém com vida!

A Terra ficou às escuras e, durante nove dias e nove noites, choveu sem parar. Até aquele momento, as águas tinham sido mansas: o vasto mar balançava com suavidade, os lagos pareciam dormir um sono profundo, e os rios transcorriam serenos em direção à imensidão do oceano. Mas, com o dilúvio, o mar se tornou bravo e perigoso, os rios arrasaram aldeias e cidades, e a Terra inteira ficou submersa sob um profundo manto de água.

Apenas duas pessoas conseguiram sobreviver: Deucalião e Pirra, que eram marido e esposa. Deucalião era filho do titã Prometeu. Um dia, tinha ido visitar o pai no Cáucaso e chorou ao vê-lo acorrentado, à espera da águia que iria cavoucar-lhe o flanco para comer seu fígado. Como podia prever o futuro, Prometeu já sabia das terríveis intenções de Zeus, então avisou Deucalião da grande catástrofe que se avizinhava.

– Zeus vai afundar a Terra sob a água – disse – e a humanidade inteira vai desaparecer, mas você poderá se salvar se seguir os meus conselhos... Construa uma arca[1] e, assim que começar o dilúvio, embarquem nela, você e sua esposa.

Deucalião seguiu as instruções do pai. Construiu a arca, a encheu de alimentos e, quando começou o dilúvio, embarcou com a esposa. Por nove dias e nove noites, os dois navegaram debaixo da chuva implacável, em meio a uma profunda escuridão. Às vezes, o vento formava grandes redemoinhos na água, e Deucalião e Pirra tinham que se abraçar na proa[2] do barco para não cair no mar.

Por fim a chuva cessou, os rios voltaram a seu leito, e o mar recobrou a calma. No horizonte apareceu então o cume do monte Athos[3], e foi ali onde Deucalião atracou a arca, e onde esperou durante semanas que as águas transbordadas evaporassem. Quando a terra voltou a ser visível, Deucalião e Pirra desceram do monte Athos em busca de algum ser humano, mas não encontraram ninguém. Ao ver que o mundo estava vazio, Pirra começou a chorar.

– Acalme-se – disse o marido. – Vamos rezar aos deuses, e eles vão nos proteger.

Aos pés do monte Athos havia um templo consagrado a Têmis, a deusa da Justiça. Era evidente que estava abandonado: o chão estava coberto de lodo e galhos molhados. Mas continuava sendo

---

1 Espécie de barco.
2 Parte dianteira de um barco.
3 Athos é uma região montanhosa, situada no noroeste da Grécia.

um lugar santo, e Deucalião e Pirra se ajoelharam diante do altar. Humildemente, Deucalião perguntou:

– Diga, Têmis, você que ditou as leis eternas: homens e mulheres vão voltar a existir no mundo?

A resposta demorou a chegar, como se a própria deusa não soubesse o que dizer diante da pergunta aflita. Mas, depois de uma longa espera, a voz solene de Têmis ressoou no santuário para dizer:

– Se querem povoar o mundo, arremessem por cima dos ombros os ossos da mãe de vocês. Dos ossos que você jogar, Deucalião, nascerão homens, e dos que você lançar, Pirra, nascerão mulheres. Mas terão de arremessar os ossos com os olhos tapados, pois não cabe a vocês ver um prodígio tão impressionante...

Quando Têmis silenciou, Pirra exclamou escandalizada:

– Ela está nos dizendo para lançar os ossos de nossa mãe!

Deucalião ficou pálido.

– Isso mesmo – disse ele, tão desconcertado quanto a esposa.

– Mas não podemos violar a sepultura das nossas mães! – revoltou-se Pirra. – É um sacrilégio[4]!

– E o que podemos fazer? – retorquiu Deucalião com voz tristíssima. – Nossa obrigação é obedecer aos deuses...

– Não diga maluquices, Deucalião! Se desenterrarmos nossos antepassados, os espíritos dos mortos vão nos atormentar sem descanso!

Deucalião e Pirra saíram do templo cabisbaixos e desconcertados. O que podiam fazer? Se não obedecessem a Têmis, os deuses se zangariam e, se obedecessem, irritariam os mortos. Parecia que, fizessem o que fizessem, estariam errados. Abatidos, Deucalião e

---

4 Falta de respeito por uma coisa sagrada.

Pirra começaram a caminhar. Avançavam sem direção, pisando no manto de lodo que chegava até seus tornozelos. Deucalião, atordoado pelas palavras de Têmis, ia pensando em voz alta, com os olhos cravados no chão.

– Não pode ser que os deuses tenham nos aconselhado a cometer um crime – ele dizia. – As cinzas dos mortos são sagradas; inclusive, nas guerras, de vez em quando é concedida uma trégua ao inimigo para que possa enterrar seus defuntos. Não, com certeza Têmis queria nos dizer algo que não estamos compreendendo... Os ossos de nossas mães têm que ser...

De repente, tudo ficou claro para Deucalião.

– Já sei o que Têmis quis dizer! – exclamou, louco de alegria, arrancando um retalho de sua túnica[5] e o rasgando em dois. – Pegue, use isso para vendar seus olhos – disse à esposa –, e depois se agache, recolha uma pedra e jogue para trás das costas, por cima dos ombros.

Pirra obedeceu sem entender. Vendou os olhos, agachou-se e começou a apalpar a terra às cegas. Deucalião fez a mesma coisa, e, em seguida, pelo tato, reconheceu uma rocha do tamanho de um punho. Então ficou em pé e jogou a rocha para trás, por cima do ombro.

O milagre foi imediato. Ao afundar no barro, a rocha amoleceu e começou a crescer, como se tivesse vida própria, como uma escultura que emerge da pedra. Alcançou a altura de um homem, e então começou a tomar forma: apareceram o tronco e a cabeça, os braços e as pernas, a boca e os olhos. Deucalião não pôde vê-lo,

---

5 Espécie de manto longo com o qual se vestiam os homens e as mulheres da Grécia, de Roma e de outras civilizações antigas.

mas se alegrou ao pensar que, às suas costas, tinha nascido o primeiro homem do novo mundo.

Uma depois da outra, Deucalião e Pirra foram jogando centenas de pedras para trás. As rochas que recolhiam eram, de fato, os ossos da Terra, que é a mãe de todos os homens. Das pedras que Deucalião arremessava, nasciam homens, e das que Pirra atirava, nasciam mulheres. As pedras brancas originavam homens brancos, e as pretas, homens pretos; as pedras pesadas se transformavam em pessoas robustas, e as leves, em pessoas magras. Em pouco tempo, então, a praia se encheu de homens e mulheres, de meninas e meninos, uns feios e outros graciosos, uns alegres e outros melancólicos. Desse modo, Deucalião e Pirra criaram a segunda humanidade, que povoou o mundo em pouco tempo e o encheu de alegrias e tristezas, rancores e amizades, esperanças e fracassos.

APOLO E DAFNE

Com os deuses acontece a mesma coisa que com todos os seres humanos: jamais esquecem o primeiro amor. Não importava quantos anos passassem: o deus Apolo nunca conseguia apagar da memória a belíssima Dafne, a ninfa por quem fora apaixonado na juventude.

Apolo era o deus da poesia e da música. Quando conheceu Dafne, tinha acabado de matar a serpente Píton, um monstro descomunal, cuja toca ficava numa caverna escura da região grega da Tessália. Píton era uma fera sanguinária que andava o tempo todo à procura de carne. Matava as ovelhas dos rebanhos, as vacas que pastavam nos vales, os pastores que tiravam a sesta à sombra das árvores e as meninas que se banhavam nos riachos. Desesperados, os homens suplicaram aos deuses que os livrassem daquele pesadelo, e então Apolo viajou a Tessália, se pôs diante da caverna de Píton e atingiu a fera com uma chuva de flechas. Píton tentou se defender, mas foi em vão, e perdeu a vida sobre uma poça de sangue.

Depois daquela façanha, Apolo se tornou terrivelmente orgulhoso: passava a vida falando bem de si mesmo e se gabando da valentia que tinha demonstrado ao enfrentar Píton.

– Sou o melhor arqueiro do mundo – repetia sem parar.

O pior foi que Apolo, por estar tão cheio de si, começou a desprezar os demais. Um dia, encontrou, num dos bosques de Tessália, com o pequeno Eros, o deus do amor, e acabou discutindo com ele. Eros tinha a aparência de um menininho inocente, que voava de lá pra cá com suas pequenas asas. Encarregado de propagar o amor pelo mundo, dedicava-se a lançar flechas no coração das pessoas, e com elas despertava grandes paixões. Ele as disparava com um arco diminuto, porque, como Eros era uma criança, não tinha forças para levantar um arco de tamanho normal. O fato é que, no dia em que se encontrou com Eros, Apolo olhou aquele arco que parecia de brinquedo e disse, entre risadas:

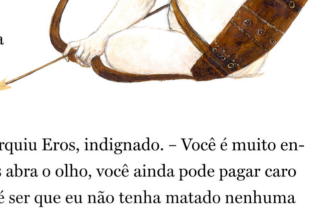

– É a arma mais boba que já vi na minha vida! Você usa isso pra quê, pra matar borboletas?

– Borboletas? – retorquiu Eros, indignado. – Você é muito engraçadinho, Apolo, mas abra o olho, você ainda pode pagar caro pela zombaria! Pode até ser que eu não tenha matado nenhuma serpente com o meu arco, mas você deveria saber que as minhas flechas deixaram homens e deuses loucos de amor.

– Façanha sem importância! – gargalhou Apolo. – Se dependesse das tuas flechas, Píton ainda estaria por aqui matando rebanhos...

– Eu, no seu lugar, não desprezaria o poder do meu arco, Apolo. Ou você não sabe que o amor levou reis a travarem guerras sanguinárias? Nunca te disseram que, por amor, os poetas escreveram seus melhores versos e algumas mulheres choraram de tristeza até partir o coração? Diga lá, Apolo, você conseguiria enlouquecer alguém com as tuas flechas? Ou fazer com que um homem pulasse de alegria? Ou se jogasse no mar por puro desespero?

Apolo respondeu com uma careta de desprezo.

– Deixe de conversa-fiada, garoto – disse –, e saia do meu caminho, que tenho pressa.

O pequeno Eros ficou vermelho de raiva. Voou para sair do caminho, mas, lá do céu, lançou a Apolo um aviso sinistro.

– Você se lembrará deste momento por toda a sua vida! – disse. – Juro pelo pai Zeus que terá o que merece.

Eros cumpriu a ameaça. Para se vingar de Apolo, valeu-se da arma que melhor conhecia: o amor. Naquele mesmo dia, lançou duas flechas do ar: uma de ouro e outra de ferro. A de ouro tinha a ponta de diamante e servia para fazer as pessoas se apaixonarem, enquanto a de ferro estava arrematada com uma ponta de chumbo e provocava uma rejeição absoluta ao amor. Eros lançou a flecha de ouro no coração de Apolo e disparou a de ferro no peito de Dafne, uma das ninfas mais bonitas da Tessália. Como as duas flechadas foram indolores, nem Apolo nem Dafne perceberam que suas vidas estavam prestes a mudar para sempre.

Até aquele dia, Apolo nem sequer tinha prestado atenção em Dafne. Para ele, ela era uma ninfa a mais, que às vezes via caçando pela mata ou se banhando no rio. Em compensação, desde que recebeu a flechada de Eros, não conseguia tirá-la da cabeça. Passava o dia todo pensando nela, abandonou a caça e o canto, aos quais costumava dedicar a maior parte do seu tempo. A única coisa que lhe dava prazer era contemplar Dafne, pois seu coração ardia de amor, feito a palha ardendo no fogo. Dafne, por sua vez, não queria saber de Apolo e, toda vez que o via, começava a correr ou se escondia entre as árvores, porque a simples presença dele a incomodava. Chegou um dia, no entanto, em que não pôde se esquivar de Apolo, e o deus aproveitou a oportunidade para pedi-la em casamento.

– Jamais vou me casar – disse Dafne. – O amor não me interessa.

– Então, para você, um deus como eu é pouco?

– Não é que eu despreze o seu amor, Apolo: é que não quero o amor de ninguém. Nasci livre e resolvi permanecer livre até o fim dos meus dias.

Apesar daquela negativa, Apolo não perdeu a esperança. Nem sequer parecia contrariado, afinal, como ia se chatear com a moça que amava loucamente? Olhava os olhos de Dafne e não podia acreditar que fossem tão lindos; observava as mãos dela e achava impossível conceber outras mais delicadas. Ele gostava de tudo em Dafne: o pescoço longo e a cabeleira espessa, os dentes brancos e os lábios de um vermelho vivo, os olhos escuros e a pele da cor da neve. Morria de vontade de abraçá-la, de acariciar suas faces, de cobri-la de beijos… Dafne notou os olhos de Apolo e, de repente, teve medo, porque descobriu neles o olhar de um ser obcecado por uma só ideia. Pensou que Apolo seria capaz de qualquer coisa para poder abraçá-la, e se assustou tanto que começou a correr pelo bosque.

– Não fuja, Dafne – exclamou Apolo –, não quero te fazer mal!

Mas ela desapareceu rapidamente de vista. Apolo então começou a correr atrás da ninfa como um lobo atrás de um cordeiro. Durante a corrida, Dafne lhe pareceu mais bonita que nunca, pois o vento despia seus ombros, agitava sua túnica e produzia graciosas ondas em sua vasta cabeleira. Ela corria tão depressa que, em certo momento, achou que estava prestes a perder o fôlego. Os espinheiros do bosque lhe arranhavam os tornozelos e os cascalhos se cravavam em seus pés, mas ela não sentia dor, porque a única coisa que sentia era um medo terrível. Tinha que correr, fugir, se pôr a salvo, pois tinha certeza de que, se ela parasse, Apolo se lançaria sobre ela, louco de amor.

– Dafne! – ela ouviu.

Naquele instante, a voz soou mais próxima que nunca. Dafne virou a cabeça, e então viu que Apolo estava quase encostando em seu ombro. A ninfa perdeu a cor: preferia morrer a ter que suportar as carícias de Apolo, o calor de seu hálito, a loucura de seus olhos... Então, Dafne viu que estava quase alcançando a margem do rio Peneu e pensou que ali estava a única salvação possível.

– Pai, me ajude! – gritou a toda força.

Dafne era filha de Peneu, que, como todos os rios, tinha poderes divinos. Podia, entre outras coisas, prever o futuro e transformar as pessoas em feras.

– Me ajude, pai, por piedade! – repetiu ela.

Peneu agitou suas águas, sobressaltado. Fazia um tempo que estava descontente com sua filha, porque ela se negava a se casar e a lhe dar netos, mas não hesitou em ajudá-la, pois a amava de todo o coração. De repente, Dafne parou de correr, e seu corpo ficou rígido feito pedra. Uma fina crosta lhe cobriu o peito e endureceu seu ventre, seus braços brancos se transformaram em galhos, e sua vasta cabeleira virou uma copa espessa de folhas. Dos pés lhe nasceram raízes, que afundaram na terra, e seu rosto, seu belo rosto de faces rosadas, se transformou numa casca dura. Peneu pensou que a melhor maneira de salvar a filha era despojá-la

de sua forma humana, então converteu Dafne em um loureiro, o primeiro loureiro que existiu no mundo.

Quando Apolo viu o que tinha acontecido, desatou a chorar feito criança. Já não importava quanto amor oferecesse a Dafne: ela nunca poderia lhe corresponder. Destroçado pela dor, ele acariciou as folhas do loureiro, beijou seus galhos e abraçou seu tronco robusto, e então teve a impressão de que a árvore tremia entre suas mãos.

– Nunca vou te esquecer, Dafne – disse com voz tristíssima. – Você não pode mais ser a minha esposa, mas, de agora em diante, será a minha árvore.

E assim foi. Desde aquele dia, a cítara[2] e a aljava[3] de Apolo permaneceram penduradas nos galhos do loureiro, e o deus decidiu tornar aquela árvore um símbolo de glória, determinando que as suas folhas servissem para coroar os generais vitoriosos e para honrar os grandes poetas[4].

---

2 Instrumento musical de cordas semelhante ao alaúde.
3 Caixa portátil usada para carregar flechas nas costas.
4 O mito de Dafne oferece uma explicação lendária para o costume, que se manteve na Europa por séculos, de premiar com uma coroa de louros militares, atletas e poetas notáveis. De fato, Dafne, em grego, significa "louro".

HÉRCULES E
A HIDRA DE LERNA

Naquele tempo longínquo em que os deuses apareciam frequentemente diante dos olhos dos seres humanos, abundavam os heróis, homens excepcionais que punham sua força, coragem e astúcia a serviço dos outros. Entre todos eles, nenhum foi tão admirado como Hércules, de quem se dizia que era capaz de vencer um exército de milhares de soldados sem a ajuda de ninguém. Valente e corpulento, Hércules era insuperável na luta, na caça e no manejo de armas. Ainda recém-nascido, deu provas de sua força descomunal no dia em que duas serpentes deslizaram para dentro de seu berço a fim de matá-lo. Hércules, sem um pingo de medo, as agarrou com suas mãos fortes, apertou o pescoço delas até estrangulá-las e as entrelaçou, formando com elas uma trança sinistra.

Foram muitas as ocasiões em que Hércules salvou o mundo de um sério perigo. Foi ele, por exemplo, quem acabou com a hidra do pântano de Lerna, um monstro nascido nos infernos e que tinha mais de cinquenta cabeças, semelhantes a serpentes de presas afiadas.

Hércules e a hidra de Lerna

A hidra se alimentava de ovelhas e vacas, e seu bafo era tão venenoso que secava as colheitas e causava a morte de quem o respirasse. Por causa de sua ferocidade e brutalidade, parecia um animal indestrutível, mas Hércules viajou até o pântano de Lerna[1] com o propósito de pôr fim à vida dela.

Quando ele chegou, a fera dormia dentro de sua toca, em uma caverna às margens do pântano. Hércules a obrigou a sair, lançando para dentro da caverna uma dúzia de flechas incendiárias. Isso deixou a atmosfera dentro da gruta irrespirável. Assim que a hidra apareceu, ficou evidente sua fúria assassina. Os cem olhos do monstro brilhavam feito brasas, e suas cinquenta bocas emitiam rugidos ensurdecedores, suficientes para matar de terror qualquer um. Hércules se defendeu da fera com uma chuva de flechas, que, na verdade, não serviu de nada, pois nenhuma se cravou no corpo da hidra, já que as escamas de sua pele eram duras como rocha. O monstro, então, continuou avançando, com tanta velocidade e determinação, que levantava grandes ondas de barro no pântano. Num piscar de olhos, chegou a poucos passos de Hércules, que teria morrido no mesmo instante, envenenado pelo bafo da hidra, se não tivesse tomado a precaução de tapar o nariz e a boca com uma peça de pano.

Assim que a hidra ficou a seu alcance, Hércules ergueu a poderosa clava[2] de oliveira que levava sempre consigo e começou a golpear o monstro furiosamente. Mais de cem golpes caíram sobre

---

[1] Lerna era uma região grega situada na península do Peloponeso, onde abundavam os mananciais e onde havia um lago.

[2] Arma feita de um pedaço de pau grosso, mais volumoso em uma das extremidades.

Mitos gregos

suas cabeças, mas era como se a fera não sentisse nada. Hércules então largou a clava e empunhou uma espada. Na primeira estocada, uma das cabeças da hidra voou pelos ares, cortada caprichosamente feito uma espiga de trigo. Parecia um bom sinal, mas o que aconteceu logo em seguida deixou Hércules horrorizado. É que, do pescoço recém-cortado, brotaram três novas cabeças, ameaçadoras e vigorosas. Hércules ficou tão surpreso que parou de brandir a espada por um momento, e a hidra tentou aproveitar a oportunidade para se enroscar ao redor do corpo dele. O herói, no entanto, foi ágil o suficiente para saltar para trás bem na hora, e dessa maneira se salvou de morrer estrangulado.

A partir daquele instante, a luta passou a ser feroz. Hércules cortou uma segunda cabeça, e o prodígio se repetiu: do cotoco[3] emergiram três cabeças novas. Parecia incrível, mas, quanto mais mutilava[4] a fera, mais forte e perigosa ela se tornava. De que serviam a Hércules a coragem e a força diante de um monstro tão terrível? O que ele podia fazer? Será que seu destino era morrer naquele pântano, devorado por uma fera perversa? Hércules estava à beira do desespero. Por um momento pensou que a façanha que tinha assumido não estava à altura de suas possibilidades. E sua vida teria acabado ali mesmo, não fosse o fato de, inesperadamente, ele ouvir bem perto uma voz que lhe sussurrava:

– Procure a cabeça de ouro...

Sem parar de empunhar a espada, Hércules olhou de esguelha ao redor e se certificou de que não havia ninguém a seu lado. Quem

---

3 Neste caso, parte do pescoço que continua unida ao corpo depois do corte.
4 Mutilar: cortar uma parte do corpo de uma pessoa ou animal.

tinha pronunciado aquelas palavras? Será que o medo o estava fazendo delirar[5]?

– Sou Atena[6] – então ele ouviu –, e vim em forma de brisa para te ajudar. Se quer liquidar a hidra, procure a cabeça de ouro dela...

– Cabeça de ouro?

– Sim. Esta fera tem uma cabeça de ouro, que a torna imortal. Se você a cercear[7], a hidra deixará de respirar...

Hércules, sem abandonar a luta, olhou uma por uma as cabeças da hidra, e num primeiro momento todas lhe pareceram idênticas. Qual poderia ser a cabeça imortal? Como distingui-la, se todas eram igualmente ferozes? De repente, aconteceu algo decisivo. O monstro girou completamente e mudou de posição em relação ao sol. Um raio de luz então iluminou uma cabeça no centro do corpo, que emitia um brilho inconfundível: o brilho do ouro. Então, Hércules ergueu a espada com ambas as mãos e desferiu um golpe brutal sobre aquela cabeça.

O instante seguinte lhe pareceu sem fim. O herói notou as batidas do próprio coração, e o cansaço acumulado no braço ficou insuportável. A cabeça de ouro da hidra pulou pelos ares e caiu no pântano. Então, o monstro emitiu um bramido ensurdecedor, o último de sua vida, e desabou no barro. Hércules tinha vencido e, assim que recobrou as forças, enterrou a cabeça de ouro sob a rocha mais pesada que encontrou, para se assegurar de que a hidra não voltaria a ver a luz do dia nunca mais.

---

5 Ter alucinações.
6 Atena, filha de Zeus, era a deusa da inteligência, das artes e da estratégia militar. Era geralmente representada com uma lança e um capacete, além de uma coruja no ombro que simbolizava sua sabedoria.
7 Cortar pela base.

O RAPTO DE EUROPA

Na cálida cidade de Tiro[1], às margens do Mediterrâneo, reinava um homem chamado Agenor. Ele tinha cinco filhos homens e uma única filha: a belíssima Europa. Europa tinha o rosto mais delicado que se pode imaginar, um sorriso luminoso e um olhar tão doce e suave como o toque do veludo. Tudo nela era de uma beleza impressionante: os braços brancos como marfim, o andar pausado, o riso sonoro, a vasta cabeleira de cachos alaranjados que lhe chegavam até os tornozelos... O rei Agenor sabia que uma moça como Europa podia deixar os homens loucos de amor, por isso não permitia que sua filha fosse sozinha a lugar nenhum. Ele mesmo, ou algum de seus filhos, a vigiava, noite e dia. Então, por muitos anos, nenhum homem que não fosse da família pôde contemplar Europa.

Os deuses, por sua vez, eles sim podiam vê-la, e o mais poderoso de todos, Zeus, ficou fascinado por sua beleza. De fato, pensava tanto nela que acabou por ficar obcecado: era como um adolescente atordoado pelo fogo do primeiro amor. Sonhava em se fundir num abraço com Europa, mas não achava isso fácil de conseguir. Zeus sabia que, se aparecesse para a jovem com o rosto descoberto, fazendo-se passar por um homem qualquer, o pai e os irmãos dela bloqueariam seu caminho.

---

[1] Tiro era uma antiga cidade costeira do Oriente Próximo. Está localizada no atual Líbano.

Europa, enquanto isso, levava uma vida alegre, dedicando todo seu tempo a jogos e brincadeiras. Um dia em que estava na praia com suas amigas, recolhendo flores entre os arbustos, vislumbrou ao longe um rebanho de bois. Eram vinte ou trinta animais de pelagem parda, tão comuns que mal chamavam a atenção. No entanto, na ponta da manada havia um touro que se destacava por sua beleza: era robusto e branco feito a neve, e tinha uma pelagem luminosa e uns chifres em forma de meia-lua que brilhavam como o ouro.

– Olha que touro mais lindo! – exclamou Europa, e começou a correr em direção ao animal.

– Tenha cuidado! – advertiram suas amigas. – Pode ser perigoso!

Mas Europa não lhes deu ouvidos. Aproximou-se do touro e começou a acariciar o pescoço dele. O animal parecia muito dócil[2], pois se deixou tocar sem fazer o menor movimento. Então, Europa gritou para as amigas:

– Venham, não sejam tão medrosas! Vocês não imaginam como o pelo dele é suave!

– Não se aproxime tanto! – responderam as amigas. – Tome cuidado, Europa, não deixe que te faça mal!

Mas Europa não sentia medo nenhum.

– Como vai me fazer mal? – ela disse. – Não estão vendo que é manso feito um cordeirinho?

Seduzida pelo touro, Europa o abraçou com ternura, pendurou no pescoço dele uma grinalda de flores que tinha acabado de fazer com as próprias mãos e lhe sussurrou uma canção no ouvido. Os irmãos da jovem estavam assistindo a tudo, mas não se

---

2 Manso, tranquilo.

aproximaram, pois pensaram que o touro era inofensivo. Europa estava tão confiante, que decidiu trepar no lombo do animal. O touro aceitou a brincadeira e começou a andar lentamente pela beira da água. Europa sorria, feliz por se sentir dona daquele animal tão poderoso. A cena era tão agradável que até mesmo as amigas da jovem se esqueceram do medo e desataram a rir.

Mas o perigo, embora invisível, estava presente, pois aquele touro não era o que parecia. Na verdade, se tratava de um deus metamorfoseado[3] em animal: aquele touro era o próprio Zeus, que tinha decidido se transformar num animal brincalhão para se aproximar de Europa e ganhar sua confiança. Claro que a brincadeira era apenas o primeiro passo: Zeus queria algo mais, pois seu coração ardia no fogo incontrolável do amor...

De repente, aconteceu algo inesperado. Um forte tremor abalou a terra e então o touro se lançou como uma flecha mar adentro, deixando um rastro de espuma atrás de si. Europa, assustada, agarrou-se com toda força nas costas do touro. Um segundo depois, girou a cabeça para olhar para trás, e então viu que a praia já estava bem distante. Seus irmãos e suas amigas lhe estavam gritando alguma coisa, mas ela não conseguia ouvir nada. "O que será de mim?", pensou Europa, angustiada. Compreendeu naquele instante que tinha alguma coisa errada com o touro, e seu coração se encheu de terror.

O touro parou ao chegar a Creta, uma ilha de montanhas altas e planícies férteis[4]. Ali, próximo a uma fonte, Zeus revelou a Europa quem ele era de verdade e, sob a sombra das bananeiras,

---

3 Transformado.
4 Que dão colheitas abundantes e muitos frutos.

abraçou-a pela primeira vez e lhe desvelou todos os segredos do amor...

Europa teve três filhos com Zeus e passou a viver em Creta para sempre, pois o pai dos deuses lhe deu de presente a ilha toda, para que fosse a pátria de seus filhos e netos. Já Zeus logo voltou ao Olimpo, mas sempre guardou uma magnífica recordação de seu romance com Europa. E, para que houvesse uma prova eterna de seu amor, pôs no firmamento[5] várias estrelas dispostas em forma de touro. Ainda hoje, quando olhamos para o céu à noite, podemos ver essa resplandecente figura, que os sábios chamam de "constelação de Touro"[6].

---

5 Céu.

6 Alguns mitos gregos explicam, por meio de lendas, por que certas constelações, isto é, certos conjuntos de estrelas, parecem formar determinado desenho. Se olharmos para o céu e unirmos as estrelas da constelação de Touro com uma linha imaginária, obteremos um perfil parecido com o de um touro. Segundo o mito, isso se deve à vontade de Zeus de que seu amor por Europa fosse eternamente lembrado.

TESEU E O LABIRINTO DE CRETA

Dos três filhos que Europa teve, um chegou a ser o rei de Creta. Chamava-se Minos e era um homem ambicioso, pois não se limitou a governar a ilha, mas muitas vezes embarcou seu exército com o propósito de conquistar territórios na margem norte do Mediterrâneo. Atenas e Mégara, entre outras cidades gregas, caíram em suas mãos, o que fez de Minos um dos homens mais respeitados e temidos de sua época.

Minos teve duas filhas com sua mulher, Pasífae. Embora as amasse de todo o coração, seu maior desejo era ter um filho homem para fazê-lo herdeiro de seu império. Então, no dia em que Minos soube que Pasífae estava grávida pela terceira vez, um sorriso plácido iluminou o seu rosto. Pressentiu que a criança que estava a caminho era o menino que tanto tinha desejado e prometeu que lhe daria uma educação magnífica para que, quando chegasse a ser rei, ganhasse a estima de todos os homens e mulheres de Creta.

No entanto, quando Pasífae deu à luz, a alegria de Minos se desfez em pedaços, pois o recém-nascido não tinha nada a ver com o menino que o rei tinha sonhado. Era um ser monstruoso, com cabeça de touro e corpo de homem, a quem logo se começou a chamar de "Minotauro", "o touro de Minos". Quando o rei o viu pela primeira vez, ficou tão furioso que confrontou a esposa.

– Esse monstro não pode ser meu filho! – gritou. – Responda, Pasífae: com quem você me enganou?

Pasífae não teve outro jeito a não ser confessar a verdade. Aos prantos, ela explicou que tinha namorado um touro, um magnífico touro branco que vira pastando em um dos vales mais verdes de Creta. Ao ouvir aquilo, Minos ficou pensativo. Lembrou da história de sua própria mãe, que tinha chegado a Creta no lombo de um falso touro, e desconfiou que talvez o animal por quem Pasífae tinha se apaixonado fosse na verdade um deus. Por isso, ele descartou a ideia de matar Minotauro, pois temia provocar a ira dos deuses. Já mais calmo, Minos disse à esposa:

– Esse monstro é uma vergonha para a nossa família. O melhor é escondê-lo, para ninguém ficar sabendo da existência dele.

Naquele mesmo dia, Minos mandou chamar um arquiteto de quem tinha ouvido falar muito. Chamava-se Dédalo, um inventor genial.

– Quero que você construa um labirinto – disse-lhe Minos.

– Um labirinto? – perguntou Dédalo.

– Sim, um palácio com uma distribuição tão complexa que quem entrar nele jamais encontrará a saída.

Com sua inventividade admirável, Dédalo ergueu em Cnossos[1] um palácio único no mundo. Era composto de milhares de salas e corredores comunicados entre si, e podia-se andar por dias pelo interior daquele edifício sem nunca encontrar a saída, pois sempre se acabava por voltar a cômodos e a corredores nos quais já se tinha estado. Apenas um deus, com sua inteligência ilimitada, poderia descobrir o caminho que levava à saída.

---

1 Cnossos foi, na Antiguidade, a capital de Creta, onde morava o rei da ilha.

Mitos gregos

Foi ali, naquela construção infernal, que Minos aprisionou Minotauro. Para que o monstro pudesse se alimentar, o rei obrigava, todos os anos, sete moças e sete rapazes a entrarem no labirinto, onde eram devorados. As vítimas do Minotauro chegavam das cidades que Minos tinha conquistado no norte, que sofriam o horror daquele cruel imposto de sangue. O Minotauro estava havia nove anos dentro do labirinto, quando chegou a Creta um grupo de jovens vindos de Atenas. Entre eles, estava o próprio príncipe da cidade, um rapaz muito garboso e com fama de corajoso, que se chamava Teseu. Embora seu destino fosse morrer devorado pelo Minotauro, Teseu viajou a Creta com um destemor exemplar, que surpreendeu seus companheiros. Quando um deles lhe perguntou como ele conseguia estar tão tranquilo sabendo que estava indo em direção à morte, Teseu respondeu:
– Porque confio em mim mesmo. Sei que vou derrotar o Minotauro e vou voltar com vida para Atenas.

Parecia uma brincadeira, mas, para alcançar seu propósito, Teseu não apenas contava com sua valentia sem limites, como também com o aliado imprevisto do amor.

Acontece que, no dia em que Teseu chegou a Creta, havia uma bela moça no porto. Era Ariadne, a filha mais velha do rei Minos. Assim que o viu, ela notou que seu coração acelerou e teve a sensação de que precisava daquele rapaz para ser feliz na vida. Nunca antes tinha visto um homem tão bonito como Teseu, e se entristeceu ao saber que o destino dele era morrer devorado por um monstro.

Naquela noite, Ariadne não conseguiu adormecer, pois não parava de pensar em Teseu. De madrugada, quando todo mundo estava dormindo, ela se cobriu com um manto e saiu secretamente do palácio real de Cnossos. Alguns minutos depois, Dédalo escutou chamarem à porta de sua casa e, quando saiu à rua, ficou absolutamente surpreso. Era Ariadne.

– O que houve, princesa? – perguntou. – Como tem coragem de vir aqui a essa hora, e ainda sozinha? Entre, que a noite está fria.

Ariadne entrou na casa de Dédalo e em seguida confessou o motivo da visita: tinha se apaixonado por Teseu e havia decidido salvar a sua vida.

– Mestre – ela disse a Dédalo –, você é a única pessoa que pode me ajudar... Diga o que preciso fazer para salvar Teseu e lhe serei grata até o fim dos meus dias. Saiba que, se esse rapaz morrer, eu também vou morrer de tristeza...

Dédalo não soube o que dizer. A dor e a ingenuidade de Ariadne o enterneceram, mas ele achou que não deveria ajudá-la.

– Se você salvar Teseu – ele disse –, seu pai vai pensar que eu o traí.

– Eu imploro... – suplicou Ariadne, e se jogou aos pés de Dédalo com os olhos banhados em lágrimas.

A dor da jovem era tão sincera e comovente, que Dédalo por fim cedeu ao pedido. Explicou a Ariadne que para se salvar Teseu precisava apenas de um fio de seda e uma espada, e lhe contou passo a passo tudo o que o rapaz deveria fazer para escapar com vida do labirinto.

Pouco tempo depois, ainda protegida pela escuridão da noite, Ariadne visitou o calabouço onde Teseu estava preso, à espera de que os soldados de Minos o conduzissem até o labirinto. Ela lhe entregou um carretel de fio de seda e uma espada que tinha a lâmina de ouro, e lhe explicou como deveria usar aquelas duas coisas. Teseu, comovido, perguntou:

– Diga, princesa, como posso agradecer o que está fazendo por mim?

Ariadne não precisou dizer uma única palavra. Suas faces coraram de tal modo que Teseu compreendeu na mesma hora que a jovem estava apaixonada. Então, o príncipe apertou as mãos dela e disse com voz doce:

– Não sofra, princesa. Vou sair com vida do labirinto e levarei você comigo para Atenas.

Ao amanhecer, os soldados de Minos foram em busca de Teseu e o conduziram pelas ruas de Cnossos até as portas do labirinto. Teseu parecia contente, e em seus lábios assomava um leve sorriso, de modo que muitos acharam que ele estava louco.

– Como ele pode sorrir, se está indo em direção à morte? – todo mundo se perguntava.

Já dentro do labirinto, Teseu seguiu as instruções que Ariadne lhe havia dado. Primeiro, amarrou a ponta do fio de seda às portas do labirinto e, depois, enquanto avançava pelo interior do palácio, foi desenrolando o carretel. Assim, quando quisesse voltar à rua, não teria mais que enrolar de novo a seda no carretel, e o fio lhe mostraria o caminho da liberdade.

Tudo saiu segundo o previsto. Com sua exemplar valentia, Teseu enfrentou o Minotauro e o matou, cravando em seu coração a espada de ouro, que ofuscou o monstro com seu brilho impressionante.

Ao entardecer, quando Teseu saiu do labirinto, Ariadne o estava esperando com o coração agitado e os olhos cheios de lágrimas. Os dois se beijaram pela primeira vez e, duas horas mais tarde, sob a luz da lua, navegaram rumo a Atenas.

O VOO DE ÍCARO

À s vezes, a bem-aventurança de alguns homens traz consigo a desgraça de outros. Assim, a vitória de Teseu sobre o Minotauro arruinou para sempre a vida de Dédalo. É que, quando Minos soube que Teseu tinha escapado do labirinto e fugido de Creta com Ariadne, se enfureceu tanto que foi em busca de Dédalo e lhe disse aos gritos:

– Que os deuses te castiguem, seu traidor maldito! Não te pedi que construísse um edifício de onde ninguém conseguisse sair? Você falhou comigo, Dédalo, e vai pagar caro por isso! Hoje mesmo vou te prender no labirinto e vou obrigar teu filho a te acompanhar, para assim você sofrer dez vezes mais! Acho que você sabe como escapar do edifício, mas te aconselho a não tentar, pois vou deixar uma dupla de guardas vigiando a saída e, se eles virem vocês, terão ordem de cortar a cabeça dos dois!

O filho de Dédalo se chamava Ícaro e estava para completar catorze anos. Era um jovem levado e atrevido, de cabelos cacheados e sorriso maroto, e tinha um jeito tão alegre que as pessoas de Cnossos o adoravam. Todos os habitantes da cidade, portanto, ficaram muito comovidos ao saber que nunca mais voltariam a ver Ícaro.

Também Dédalo se abateu pela tristeza. Entrou no labirinto cabisbaixo e passou suas primeiras horas de prisão submerso num profundo silêncio. Não podia suportar a ideia de que seu filho tivesse que viver e morrer ali dentro, de modo que se empenhou em encontrar uma maneira de sair daquele edifício infernal de qualquer jeito. Sua mente, fértil feito uma amendoeira numa eterna primavera, começou a cruzar ideias e, em pouco tempo, Dédalo exclamou:

– Já sei! Vamos sair daqui voando como os pássaros!

– Lá vem você com suas maluquices, pai – replicou Ícaro com tristeza. – Desde quando os homens podem voar?

– Não confia no teu pai, rapaz? Vamos, melhore essa cara de uma vez e me ajude, que temos muito trabalho pela frente.

O labirinto estava de pé havia nove anos e, nesse tempo, a grama tinha crescido em alguns corredores, a chuva tinha formado poças em certos cantos, as abelhas tinham construído favos nas vigas e tinham se acumulado restos de animais aqui e ali. De modo que Dédalo não teve dificuldades para encontrar os materiais de que precisava para sua invenção. Trabalhou sem descanso durante um dia inteiro e, na manhã seguinte, mostrou a Ícaro dois pares de asas. Ele as tinha fabricado com algumas varas, coladas com cera e forradas com plumas. Entusiasmado, Dédalo exclamou:

– Vamos ser os pássaros mais esquisitos do mundo!

Com a ajuda de umas cordas, pai e filho amarraram as asas em suas costas. Depois, dedicaram um bom tempo a aprender a manejá-las e, por fim, conseguiram movê-las com muita desenvoltura, como se tivessem nascido com elas. Tinha chegado a hora de escapar do labirinto, e então Dédalo alertou o filho:

– Escute, Ícaro: você não deve voar muito baixo, porque, quando chegarmos ao mar aberto, as ondas podem encharcar as tuas asas, e elas vão ficar tão pesadas que você vai cair no mar.

Ícaro sorriu.

– Não se preocupe, pai – disse. – Quero voar o mais alto que eu puder.

– Não, filho, você também não deve voar muito alto... Se você se aproximar muito do sol, o calor vai derreter a cera que mantém as varas unidas, e as tuas asas vão se desfazer. Entendeu?

– Sim, pai.

– Então, vamos voar. E, acima de tudo, não se afaste do meu lado, aconteça o que acontecer.

Ícaro começou a bater as asas com rapidez, de cima a baixo, exatamente como o pai tinha lhe ensinado. Seu corpo foi se elevando, primeiro devagar e depois com mais pressa, e, quando virou a cabeça para olhar para trás pela primeira vez, o labirinto já se mostrava pequeno feito uma miniatura. Dédalo, ao ver que o filho se afastava, tomou impulso e começou a voar. Decidira que viajariam para longe de Creta, em direção ao norte, onde existiam muitas ilhas; em uma delas poderiam começar uma vida nova. Da terra, os camponeses e os pescadores olhavam cheios de espanto aqueles dois pássaros grandes e estranhos. Ícaro, levado pelo deleite da falta de gravidade e pelo entusiasmo com a beleza do céu, desatou a rir, e sua risada soou cristalina como a água de um riacho. Sentia-se tão feliz que movia as asas com cada vez mais força, e voava mais e mais alto: para cima, bem para cima, mais alto ainda...

Dédalo, por sua vez, demorou a se acostumar com o milagre do voo. Durante um bom tempo, sentiu-se incomodado, pois não parava de pensar que os homens nasceram para tocar a terra com os pés. Mesmo assim, acabou por se esquecer de seus temores e, enquanto voava, começou a sonhar com a nova vida que lhes

esperava lá onde o vento os levasse. Sorridente, virou a cabeça para olhar o filho e, de repente, uma careta de terror lhe deformou a cara. Ícaro não estava nem atrás nem na frente, nem em cima nem embaixo! Dédalo o procurou por todos os lados, mas não conseguiu encontrá-lo. Por fim, pôs sua vista no mar e descobriu que o rapaz boiava na água, imóvel como um cadáver, de costas para o céu. Ao seu redor, vagueavam as varas de suas asas, dispersas. Dilacerado de dor, Dédalo compreendeu a terrível verdade: seu filho, inconsequente e temerário[1] como todos os jovens, tinha confiado demais na própria habilidade, quis voar mais alto que os pássaros, e o sol castigou sua soberba[2], derretendo suas asas para que se afogasse no mar...

---

1 Muito ousado, imprudente.
2 Sentimento de se achar superior, de ter excesso de confiança em si mesmo.

ÉDIPO E O ENIGMA DA ESFINGE

Os deuses do Olimpo eram muito severos com todos aqueles que os desapontassem. Alguns, como Hera[1], tinham uma personalidade tão vingativa que jamais perdoavam uma ofensa. Em certa ocasião, Hera decidiu castigar os habitantes de Tebas[2] por um crime cometido na cidade, e usou a Esfinge para conseguir fazer isso. A Esfinge era um monstro colossal, que nasceu no coração da África. Tinha cabeça e torso de mulher, patas de leão, cauda de serpente e enormes asas de águia. Hera lhe ordenou que se posicionasse num desfiladeiro situado no caminho de Tebas, pelo qual tinham que passar obrigatoriamente todos os que iam para a cidade. Assim que um viajante se aproximava, a Esfinge bloqueava seu caminho e o forçava a parar.

– Se você quiser seguir em frente – dizia com voz muito doce –, deve responder a um enigma.

O viajante então sentia um medo atroz. Com um nó na garganta, perguntava:

---

[1] Hera, ao mesmo tempo esposa e irmã de Zeus, era a deusa dos casamentos e a protetora dos partos.
[2] Tebas é uma cidade grega localizada a cerca de 45 quilômetros a noroeste de Atenas.

– E o que vai acontecer se eu não acertar a resposta?
– Não terei outro remédio a não ser te castigar por tua completa ignorância.

A Esfinge, com a voz mais doce que se pode imaginar, pronunciava então seu enigma, que dizia assim:

> *Tem apenas uma voz,*
> *e anda com quatro pés de manhã,*
> *dois ao meio-dia e três à noite.*
> *Quanto menos pés tem, mais rápido corre.*
> *Se você o conhece, ele te ama, mas, se não o conhece,*
> *luta contra você e te destrói.*

Diante da enorme dificuldade do enigma, o viajante começava a suar e a tremer de medo. Embora fizesse todo o possível para encontrar a resposta, os minutos passavam em vão, pois o terror o impedia de pensar com clareza. A Esfinge, enquanto isso, esperava, impassível, como se não tivesse pressa alguma, e, no fim, rompia o silêncio dizendo:

– Não sabe a resposta, não é?

O viajante nem sequer respondia. Para que ia dizer alguma coisa se já sabia que a morte era inevitável?

Então, a Esfinge esticava os braços, aproximava as mãos do pescoço do viajante e apertava com toda a força até estrangulá-lo. E, quando notava que sua presa tinha deixado de respirar, se lançava sobre ela e a devorava sem dó nem piedade.

Durante certo tempo, a Esfinge semeou o terror pelo caminho que levava a Tebas. Os lavradores da região deixaram de passar pelo desfiladeiro, e os comerciantes de outros lugares desistiram de viajar à cidade. A Esfinge, então, começou a passar fome, de modo que de vez em quando voava para Tebas em busca de alguma vítima fácil. Costumava sentar-se no alto das muralhas da cidade e, assim que alguém aparecia, ela se lançava sobre a pessoa. Foram muitas as ocasiões em que as ruas e as praças de Tebas foram regadas pelo sangue de um menino que brincava num cavalo de madeira, de um lavrador que ia ao mercado comprar um jarro ou de uma moça que tinha saído para passear na companhia das amigas. Ninguém conseguia evitar os ataques da Esfinge, e todos os moradores de Tebas assumiram com resignação que podiam ser devorados pelo monstro a qualquer momento. A única forma de acabar com o perigo era resolver o obscuro enigma que a Esfinge propunha aos viajantes, mas ninguém parecia capaz de realizar uma façanha tão extraordinária.

As coisas mudaram de repente, graças a um forasteiro chamado Édipo. Na verdade, Édipo tinha nascido em Tebas, embora ele próprio não soubesse disso, porque tinha sido criado longe da cidade. Quando era um recém-nascido, seus pais foram advertidos de que aquele menino ia provocar muitas desgraças, então decidiram abandoná-lo na mata. Por sorte, um dos pastores o encontrou e salvou sua vida. Édipo era muito inteligente, e confiava tanto na própria sabedoria que foi a Tebas com o único objetivo de resolver o enigma da Esfinge. Ao ver que um forasteiro se aproximava, a Esfinge se interpôs em seu caminho e perguntou:

– Aonde vai, viajante?

– A Tebas – respondeu Édipo com voz firme.

Mitos gregos

– Pois não vai passar daqui, a não ser que me dê a resposta de um enigma.

– Diga qual é e vou tentar responder.

Então a Esfinge disse:

Tem apenas uma voz,
e anda com quatro pés de manhã,
dois ao meio-dia e três à noite.
Quanto menos pés tem, mais rápido corre.
Se você o conhece, ele te ama, mas, se não o conhece,
luta contra você e te destrói.

Édipo ouviu o enigma com a maior atenção, esforçando-se para desvendar seu sentido oculto. Tentou se afastar e se esquecer da Esfinge, mas, mesmo assim, não conseguia achar a solução. Por fim, pegou um pedaço de pau que viu na beira da estrada, com ele traçou um círculo no chão e se colocou dentro, pois achava que, dessa maneira, podia se isolar de tudo que o rodeava e se concentrar melhor. Édipo passou mais de uma hora dentro do círculo, pensando sem parar, e, no fim, com voz clara e potente, disse:

– A solução do teu enigma é o homem. O homem tem uma voz com a qual fala. Pela manhã, isto é, quando é um recém-nascido, anda em quatro apoios como os cachorros, porque engatinha. Depois, quando vira adulto e se encontra no meio-dia da vida, caminha sobre dois pés e é capaz de correr com grande velocidade. Em compensação, à noite, quando envelhece, apoia-se em sua bengala, seu terceiro pé, e anda com dificuldade. Além disso, o homem deve abrir os olhos da mente e do coração para conhecer a si mesmo: se se conhece bem, torna-se seu melhor amigo, mas,

se não chega a se conhecer, se transforma em seu pior inimigo e se autodestrói.

O rosto da Esfinge, que sempre se mostrava impassível ou falsamente gentil, adquiriu, de repente, uma expressão áspera. Édipo tinha decifrado o enigma, e a Esfinge não soube aceitar a derrota. Seus olhos ficaram vermelhos de raiva, suas garras começaram a tremer, e seu corpo inteiro se retesou como uma corda que suporta um peso enorme, pois a ira a queimava por dentro feito uma labareda. No fim, a Esfinge perdeu o controle sobre si e tirou a própria vida, jogando-se do topo da montanha.

Édipo, feliz com a vitória, seguiu seu caminho a Tebas, aonde chegou na hora certa, pois, naquele mesmo dia, o rei da cidade tinha morrido. Seus habitantes nomearam Édipo como o novo monarca para agradecer a ajuda impagável que ele lhes tinha prestado. Parecia que Édipo tinha tudo para ser feliz, mas, tempos depois, viveu uma grande tragédia e acabou arrancando os olhos por puro desespero. Acontece que aquele homem tão inteligente não conhecia a si mesmo tão bem quanto acreditava... Mas essa é outra história.

O MÉDICO ASCLÉPIO

Asclépio era filho de pai divino e mãe mortal. O pai era Apolo, o mais belo e sábio dos deuses olímpicos; a mãe era a princesa Corônis, uma jovem da região de Tessália, que havia nascido para amar e ser amada.

Apolo e Corônis se adoravam com paixão, mas a bela princesa se apaixonava tão facilmente que, um dia, numa festa, conheceu o charmoso Ísquis, filho do rei Élato, e deitou-se com ele às escondidas. Apolo tinha combinado com o corvo Lício (que, como todos os corvos, era branco) que vigiasse e protegesse a princesa enquanto ele estivesse ausente. Quando o corvo presenciou, apavorado, os amores secretos de Corônis, voou ligeiro até Apolo e lhe revelou que sua amada era infiel.

Ao se sentir enganado, o deus ficou furioso.

– E o que você estava fazendo enquanto a princesa se deitava nua com Ísquis? – repreendeu-o. – Por que não impediu a traição com bicadas? Você merecia morrer, mas vou apenas te dar um castigo: vou abrasar as tuas plumas até que fiquem mais pretas que carvão. – E assim o fez. Desde então, todos os corvos são pretos e aves de mau agouro.

Cego de raiva, Apolo foi, em seguida, à procura de Corônis e, ao encontrá-la, disparou uma flecha direto no coração dela. No entanto, o amor que o deus sentia pela princesa era tão profundo que, imediatamente, ele se arrependeu do arroubo atroz. Tentou curá-la de todas as formas, mas, apesar de seus poderes divinos, nada pôde fazer para evitar a morte da amada.

O tempo passou, e Apolo falou com Asclépio sobre seus esforços infrutíferos para salvar a mãe dele. O rapaz, angustiado, prometeu a si mesmo que, já que os mortais não conseguiam vencer a morte, ele encontraria ao menos um modo de curá-los e de aliviar suas dores.

– Pai – disse a Apolo –, quero aprender tudo sobre curas, ervas e medicamentos. Quero curar feridas e doenças, úlceras, chagas e febres: tudo o que mortifica o corpo e a alma dos homens e das mulheres.

Apolo, que era também o deus da medicina, mostrou-lhe todas as plantas e ervas medicinais, ensinou-lhe a cauterizar[1] feridas, a triturar e a ferver folhas e cascas para preparar bálsamos[2] e emplastros[3], a confeccionar poções que ajudavam a conciliar o sono ou a aliviar a dor. E, quando terminou de lhe transmitir todo o conhecimento que tinha, mandou Asclépio ao centauro Quíron[4], o médico de maior fama no mundo, pois ninguém mais conhecia tanto as técnicas de interromper hemorragias, soldar ossos quebrados e estancar as feridas mais profundas.

Quíron ensinou Asclépio a caçar, mas também a amar os animais; a lutar, mas também a respeitar o inimigo; a curar, mas

---

1 Curar feridas com a aplicação de calor intenso.
2 Cremes para curar feridas e chagas.
3 Medicamentos que se aplicam no corpo como calmante.
4 Os centauros tinham o torso de ser humano e, da cintura para baixo, corpo e patas de cavalo. Quíron, filho do deus Cronos e da ninfa Fílira, foi instruído por Apolo na música, na medicina e na caça e, com o tempo, tornou-se o bondoso tutor de grandes heróis e reis gregos.

Mitos gregos

também a olhar com ternura nos olhos dos doentes. Asclépio aprendeu tudo isso, assim como os outros discípulos de Quíron, mas nenhum deles pôde rivalizar com o filho de Apolo na arte de curar. Quando o centauro terminou de lhe ensinar tudo quanto sabia, deu-lhe os últimos conselhos:

– Você deve ser sempre atencioso e afetuoso com os doentes, e jamais deve aceitar pagamento algum pela ajuda que oferece.

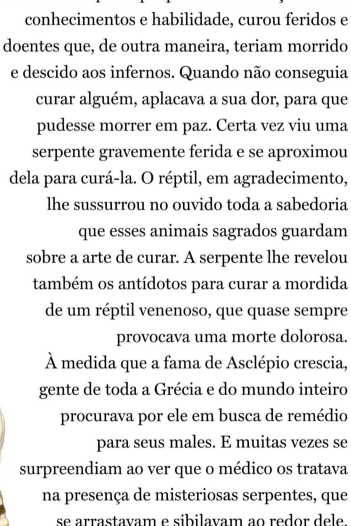

Asclépio então voltou a Epidauro, sua terra natal, onde se dedicou a curar todo aquele que precisasse. Graças a seus conhecimentos e habilidade, curou feridos e doentes que, de outra maneira, teriam morrido e descido aos infernos. Quando não conseguia curar alguém, aplacava a sua dor, para que pudesse morrer em paz. Certa vez viu uma serpente gravemente ferida e se aproximou dela para curá-la. O réptil, em agradecimento, lhe sussurrou no ouvido toda a sabedoria que esses animais sagrados guardam sobre a arte de curar. A serpente lhe revelou também os antídotos para curar a mordida de um réptil venenoso, que quase sempre provocava uma morte dolorosa.

À medida que a fama de Asclépio crescia, gente de toda a Grécia e do mundo inteiro procurava por ele em busca de remédio para seus males. E muitas vezes se surpreendiam ao ver que o médico os tratava na presença de misteriosas serpentes, que se arrastavam e sibilavam ao redor dele.

84

O médico Asclépio

Um dia, a deusa Atena o chamou para pedir que devolvesse a vida ao pequeno Glauco, o filho do rei Minos.

– Mas isso é impossível... – objetou Asclépio. – Não há como ressuscitar alguém que já está morto. Meus conhecimentos não são suficientes para fazer uma coisa assim.

– Eu bem sei – disse Atena –, mas agora me ouça: estes dois frascos que você está vendo estão cheios do sangue da Medusa[5]. Em um deles, há sangue do peito direito, e uma única gota basta para matar. Este outro contém sangue do peito esquerdo, e uma única gota é o suficiente para ressuscitar os mortos. Use o sangue deste último frasco e você será o médico mais célebre da história.

Ainda impressionado com o poder que acabavam de lhe conceder, Asclépio começou a reviver as pessoas: depois de ressuscitar Glauco, devolveu a vida ao príncipe Licurgo e ao desventurado herói Tindáreo; mais tarde, ao gigante Órion; e assim a muitos mais.

O deus Hades, rei dos mortos e do mundo subterrâneo, se indignou com aquele médico que estava lhe arrebatando os súditos.

– Não vou permitir mais isso! Ele vai receber um castigo! – trovejou furiosamente durante uma assembleia que os deuses realizaram no Olimpo.

A ameaça de Hades não impediu que Asclépio continuasse ressuscitando as pessoas.

Um dia, no entanto, Asclépio cometeu um erro, um terrível erro. O príncipe Hipólito, ardoroso devoto da deusa Ártemis, foi vítima de uma conspiração tramada por sua madrasta Fedra

---

[5] Medusa era uma mulher cujos cabelos Atena trocou por serpentes e cujos olhos transformavam em pedra quem olhasse para ela.

para aniquilá-lo: assim, quando ele se afastava do palácio levando sua carroça pela beira do mar, um monstro emergiu das águas e espantou os cavalos; os animais, descontrolados, arremessaram o jovem contra as pedras, e ele morreu.

Atormentada pela morte de seu fervoroso admirador, Ártemis saiu à procura de Asclépio para lhe implorar que devolvesse a vida a Hipólito em troca de umas moedas de ouro. O médico, na ânsia de agradar a deusa, nem sequer prestou atenção nas últimas palavras dela e, desse modo, sem querer, aceitou receber por seu trabalho.

Asclépio faltou com a palavra dada a seu mestre e, uma vez mais, ousou infringir as leis da natureza, que exigem que não exista a vida sem a morte. Zeus, além disso, temia que os poderes extraordinários de Asclépio eliminassem as barreiras que separavam os deuses dos mortais e, já farto[6] da atitude rebelde do médico, lançou-lhe um raio e o matou.

De repente, o mundo se tornou um lugar mais sombrio. Os doentes e os feridos padeciam e gemiam lamuriosamente, sem que ninguém pudesse lhes dar alívio. Em todos os lugares as pessoas derramavam lágrimas e arrancavam os cabelos pela morte de seus entes queridos. Aborrecido e sofrendo pela morte do filho, Apolo suplicou a Zeus que o ressuscitasse e atacou os ciclopes que fabricavam os raios de Zeus. Em resposta à insubmissão de Apolo, o pai dos deuses o castigou, expulsando-o do Olimpo.

O tempo passou, e Zeus esqueceu a afronta cometida por Asclépio, reconheceu sua bondade e suas boas ações e perdoou o bom médico. Por fim, cedendo às súplicas de Apolo, devolveu a vida a Asclépio, concedeu-lhe a imortalidade e o transformou em deus.

---

6 Cansado.

ATALANTA, A CAÇADORA

Quando o mundo era jovem e alguns animais eram considerados deuses, os caçadores eram pessoas muito habilidosas: para caçar era preciso ter a vista afiada, os pés ligeiros e uma mente alerta. Não era um ofício simples, e apenas alguns eram capazes de exercê-lo. Uma exceção eram os habitantes de um famoso povoado árcade: já em tenra idade, eles aprendiam com os centauros a arte da caça e os segredos para sobreviver na mata. Aprendiam a espreitar sem fazer o menor ruído, a correr quase sem apoiar os pés no chão, a mirar cerrando os olhos. Entre todos os caçadores, destacava-se Atalanta, que, além de ser muito jovem, era a única mulher caçadora em uma tribo dominada pelos homens.

Atalanta era a única filha de Íaso, o rei da Arcádia, região conhecida no mundo todo pela abundância da caça e pela destreza de seus caçadores. Além de rei, Íaso era caçador e sonhava em ter um filho, pois precisava de um herdeiro e queria muito sair para caçar com ele. Mas nem sempre se consegue o que se deseja. Sua esposa, a rainha Clímene, não deu à luz o menino tão sonhado, e sim uma menina. Quando a bebê nasceu, Íaso não quis nem olhá-la: ordenou que a levassem às profundezas de uma floresta de mata bem fechada e, uma vez ali, que a abandonassem para que os animais a devorassem como sacrifício a Ártemis, a deusa da caça.

Ártemis, no entanto, se zangou ao ver tamanha crueldade e decidiu proteger a recém-nascida. Uma ursa a amamentou como se fosse mais um de seus filhotes, e a própria Ártemis se encarregou de instruir a menina, que aprendeu a arte da caça, até se tornar a caçadora mais habilidosa, veloz e discreta.

Quando Atalanta completou dezesseis anos, a idade em que as meninas se casavam, um oráculo declarou que, se alguma vez ela se casasse, deixaria de ser ela mesma. Atalanta não entendeu aquela profecia, mas jurou que jamais se casaria, permaneceria virgem e se consagraria de corpo e alma à sua salvadora, a deusa Ártemis. Para defender a própria virgindade, um dia Atalanta teve que matar com suas flechas os centauros Hileu e Reco, que, fascinados pela beleza da moça, tinham pensado em abusar dela.

Atalanta era uma jovem decidida e aventureira, uma autêntica heroína, que participou de algumas das mais famosas façanhas empreendidas pelos seres humanos. Uma vez, ela embarcou com os bravos argonautas[1] e chegou à distante Cólquida, a terra do sol, em busca do apreciado velocino[2] de ouro. Ao lado de Jasão e dos outros aventureiros, teve que enfrentar monstros ferozes, tiranos impiedosos e deuses ofendidos, que os atormentavam com terríveis tempestades.

De volta à Arcádia, Atalanta passou por Cálidon e se surpreendeu ao ver a infinidade de célebres caçadores naquela cidade do golfo de Corinto. Naquele momento, rondava pela região um javali feroz e gigantesco, que andava fazendo estragos entre os rebanhos e devastava as plantações. Ao saber que os caçadores locais estavam dispostos a aniquilar o monstro, Atalanta se juntou ao bando.

---

1 Heróis gregos lendários que viajaram na embarcação chamada *Argo*.
2 Pele de carneiro, ovelha ou cordeiro, recoberta com sua lã.

Todos eram homens e, embora entre eles estivessem alguns argonautas, a presença de uma mulher os incomodava. Um dia, enquanto andava por um desfiladeiro à sombra de salgueiros e caniçais, Atalanta encontrou o terrível javali, mirou seu arco e cravou nele uma flecha certeira atrás da orelha. Assim, a menina foi a primeira a derramar o sangue do imenso animal, que ficou gravemente ferido. Pouco depois, outro caçador cravou uma flecha no olho dele e outra no ventre, mas a que acabou custando a vida da fera foi a de Atalanta.

A notícia de sua proeza correu por toda a Grécia e chegou aos ouvidos de Íaso, que recebeu Atalanta de braços abertos.

– Minha filha – disse ele assim que a viu –, você é muito melhor que qualquer filho que eu pudesse ter. Suplico que perdoe a crueldade com que te tratei. Você herdará o meu trono, portanto, chegou a hora de você se casar.

Ao ouvir aquilo, o coração de Atalanta ficou apertado, pois tinha jurado a Ártemis que nunca se casaria. Então, elaborou um jeito de fugir do casamento.

– Farei o que me pede, pai – respondeu –, mas com uma condição: qualquer um que queira se casar comigo deve me desafiar para uma corrida e me vencer. Se um deles conseguir, me torno sua esposa, mas vou matar todos que fracassarem.

Atalanta estava convencida de que ninguém ousaria arriscar a própria vida em vão, pois ela corria tão rápido que parecia impossível vencê-la. No entanto, sua beleza era tão arrebatadora que foram muitos os pretendentes que aceitaram o desafio, embora todos acabassem perdendo a corrida e morrendo pelas mãos de Atalanta.

Um dia, apareceu na cidade o jovem Hipômenes, que viera assistir a uma daquelas corridas. Ele ficou espantado com o fato de haver tantos homens dispostos a arriscar a vida para conseguir a mão de uma mulher. Mas, ao ver o rosto belíssimo e o corpo gracioso de Atalanta, ficou embasbacado. Quando a jovem começava a correr, seus pés voavam com passos alados, seus cabelos ondulavam-se por suas costas de marfim e sua tez branca tingia-se de escarlate. Hipômenes tinha caído nas redes do amor.

"Não sei como tive coragem de criticar tantos homens apaixonados. Ainda não conhecia o admirável troféu que eles queriam ganhar!" E, em silêncio, suplicou a Afrodite, a deusa do amor, que o ajudasse a ganhar a prova.

A deusa se fez visível apenas aos olhos do jovem e lhe entregou três maçãs de ouro. Em seguida, explicou o que ele deveria fazer com elas, e os olhos de Hipômenes se iluminaram.

A competição começou com o toque de um trompete. Os dois jovens começaram a correr feito um raio, mas Atalanta não demorou em tomar a dianteira. De vez em quando, virava a cabeça para trás para contemplar com tristeza aquele rosto que também a tinha deixado deslumbrada. Os espectadores da prova encorajavam Hipômenes com todo entusiasmo, mas o jovem resfolegava com esforço, enquanto via, desesperado, a amada se afastando. Nesse momento, ele arremessou a primeira maçã. Ao vê-la, Atalanta ficou fascinada por aquela fruta reluzente, desviou-se de seu caminho e se agachou para pegá-la. Hipômenes aproveitou a oportunidade para ultrapassá-la, o que desencadeou renovados gritos de júbilo do público. Mas ela não demorou em alcançar o jovem e superá-lo, e nesse momento Hipômenes lançou a segunda maçã. De novo a jovem parou para pegá-la e uma vez mais correu para alcançar o adversário. No último trecho da corrida, Hipômenes jogou com força a última maçã e, com medo, recorreu a Afrodite.

A vida dele corria perigo! Atalanta hesitou por um momento, pensando que, se parasse, arriscava perder a corrida, mas a deusa a obrigou a se deter e a recolher a maçã, e, para atrasar sua marcha, fez com que o fruto pesasse dez vezes mais, circunstância que Hipômenes aproveitou para se impor na corrida. O jovem ganhou e conseguiu o sonhado prêmio! Atalanta aceitou satisfeita o casamento, afinal, Hipômenes tinha roubado o coração dela desde o primeiro instante.

Mas não há coisa pior na vida que a ingratidão. Hipômenes alardeava que tinha vencido graças apenas à sua velocidade e inteligência, e se esqueceu completamente de agradecer a ajuda de Afrodite e de lhe prestar homenagem. A deusa, magoada com a grosseria, quis se vingar. Então, um dia, quando os dois amantes passeavam pelo bosque próximo a um santuário dedicado à deusa Cibele, Afrodite despertou em Hipômenes o desejo irrefreável de se deitar com Atalanta, e os amantes entraram no templo para saciar a paixão. As estátuas dos antigos deuses que havia no santuário tiveram que desviar o olhar para não serem testemunhas daquele sacrilégio. Cibele, ofendida com a profanação, transformou os dois apaixonados em leões e os obrigou a puxar a sua carruagem dourada para sempre.

Assim, cumpriu-se a profecia do oráculo, que previra que Atalanta deixaria de ser ela mesma se se casasse.

O DESAFIO DE ARACNE

Muito, muitíssimo tempo atrás, existiu, nas margens do mar Mediterrâneo, um país chamado Lídia. Embora sua costa fosse muito bonita e seus prados tivessem um verde encantador, o que fazia de Lídia um país único era a púrpura, um estranho molusco que vivia em suas praias. As púrpuras tinham uma concha retorcida de cor cinza e uma aparência nada atraente, mas todo mundo procurava por elas com afinco, porque, em suas entranhas, elas guardavam um autêntico tesouro: uma coloração carmesim tão intensa como o brilho dos rubis.

Os tecidos tingidos com púrpura ficavam tão lindos que as pessoas não se cansavam de admirá-los. Reis e imperadores do mundo todo pagavam grandes fortunas em ouro em troca de uma túnica tingida com púrpura. Princesas de todas as nações iam a Lídia para comprar um véu carmesim que lhes realçasse a beleza. Por isso, os mercados de Lídia viviam cheios de gente e o dinheiro corria solto por todo o reino.

Em Lídia, reinava um homem chamado Ídmon. Ele enriquecera graças à sua visão aguçada, que lhe permitia distinguir com grande facilidade a valiosa púrpura em meio à areia da praia. Ídmon era viúvo, mas não vivia sozinho. Tinha uma filha chamada Aracne, bela e muito inteligente, que era a melhor tecelã de Lídia. Os tecidos que as mãos de Aracne produziam eram tão perfeitos que deixavam todos boquiabertos, e parecia que os animais

e as pessoas bordados neles poderiam ganhar vida a qualquer momento. Aracne, consciente de sua habilidade, costumava proclamar que não existia no mundo tecelã melhor que ela. Além disso, certa vez, ousou dizer:

– Sou, inclusive, melhor que Atena!

Atena, que era a deusa das fiandeiras e das bordadeiras, ficou vermelha de raiva ao ouvir aquelas palavras.

– Mas quem essa garota pensa que é? – gritou. – Então ela se acha melhor que eu? Pois agora mesmo vou ensiná-la a ser mais humilde...

Naquele mesmo dia, Aracne viu entrar em seu ateliê uma velhinha de cabelos brancos que andava com a ajuda de uma bengala. A mulher passou um bom tempo examinando os tecidos expostos no ateliê e, em certo momento, perguntou a Aracne:

– Foi você quem fez?

– Exatamente – respondeu a jovem com evidente orgulho. – Sou a melhor tecelã de Lídia.

– Eu achava que só as mãos de uma deusa podiam produzir tecidos tão perfeitos...

– Sei tecer melhor que a própria Atena.

– Não diga isso, garota, ou Atena te castiga. Os deuses não perdoam aqueles que os desprezam...

– Eu não desprezo ninguém – replicou Aracne –, apenas digo a verdade. Sou melhor tecelã que Atena, só isso.

– Estou te dizendo, menina, que se Atena se ofende...

– Que se ofenda, ué! Se Atena estivesse aqui, na minha frente, eu a desafiaria a competir comigo, assim poderia provar que sou melhor tecelã que ela.

A velhinha ficou muito alterada ao ouvir aquelas palavras. Seu corpo inteiro se retesou e, de tanta raiva, ela mudou. De repente, as rugas desapareceram do rosto, os cabelos brancos se tornaram escuros, e os olhos recobraram o brilho da juventude. Era difícil de acreditar, mas a velhinha tinha se transformado numa jovem belíssima, alta e de traços delicados. Então Aracne pensou que aquele prodígio só podia ter uma explicação...

– Você é Atena, não é? – disse.

– Claro que sou eu. Aposto que, se eu tivesse me apresentado no seu ateliê com a minha verdadeira forma, você não teria tido a coragem de se proclamar melhor que eu...

– Não vá pensando que tenho medo de você – avisou Aracne. – Continuo achando que sou melhor tecelã que você. Então, se quiser, podemos competir. Tenho certeza de que vou fazer um tecido melhor que o seu.

Atena lançou a Aracne um olhar desafiador, mas a jovem permaneceu firme.

– Você é orgulhosa, Aracne, muito orgulhosa – disse a deusa. – Se é assim que você quer, vamos competir. E espero que não se arrependa de ter ido tão longe...

Na mesma hora, espalhou-se a notícia de que Aracne iria enfrentar Atena, e dezenas de pessoas da cidade toda foram ao ateliê da jovem presenciar o desafio. As duas rivais se posicionaram em seus respectivos teares, e então Atena disse:

– Vamos começar!

Tanto Aracne como Atena começaram a mexer as mãos com uma habilidade e uma rapidez assombrosas. Atena teceu um tapete de seda, fino como o ar, e o bordou com um desenho que exaltava o poder dos deuses. Zeus aparecia no centro, sentado no topo do Olimpo, e ao redor se encontravam Apolo e Possêidon, Eros e Afrodite, assim como a própria Atena, que estava com um capacete na cabeça e a coruja da sabedoria apoiada no ombro. O tapete inteiro, com suas proeminentes figuras de aspecto impressionante, vinha lembrar que os deuses eram todo-poderosos: criadores da terra, senhores do mar, donos do céu e reis eternos da humanidade.

Aracne, por sua vez, teceu um véu de linho leve como a água, e o bordou até a última ponta. Ao contrário de Atena, tinha representado o pior dos deuses. Zeus aparecia transformado em touro para enganar Europa; Hermes, roubando as vacas de Apolo; e Cronos, devorando os próprios filhos. Aracne queria dar a entender que os deuses não são, de jeito nenhum, melhores que os seres humanos, pois também são passionais e mentirosos, injustos e imprudentes, gananciosos e perversos…

Quando as rivais acabaram o trabalho, os curiosos que tinham presenciado o duelo ficaram mudos de espanto.

Tanto o tapete de Atena como o véu de Aracne eram admiráveis. Parecia que o tecido de uma deusa tinha que ser obrigatoriamente melhor que o de uma mulher, mas o véu deslumbrante de Aracne não devia nada ao tapete esplendoroso de Atena, nem por sua cor, nem por sua forma, nem pelo brilho que emitia. Era uma obra perfeita, e Aracne, cheia de orgulho, perguntou aos presentes:

– Digam, quem venceu?

Atena percebeu que o véu de sua rival era impecável, e seu coração ardeu de inveja. Não podia perdoar, além de tudo, que Aracne tivesse usado o tecido para insultar os deuses. Com os olhos vermelhos de raiva, Atena se lançou sobre o véu de Aracne e exclamou:

– Isso é o que eu penso sobre o seu tecido!

A deusa estava tão zangada que rasgou em pedaços o véu de Aracne e bateu na cabeça da jovem com a lançadeira[2] do tear. Aracne entendeu então o grande erro que tinha cometido ao desafiar uma deusa, e se sentiu tão envergonhada que quis morrer. De modo que correu até um canto do ateliê, onde havia uma corda pendurada no teto, e a passou ao redor do pescoço. Todos os presentes começaram a gritar ao ver que o corpo de Aracne se balançava a um metro do chão, mas não tiveram coragem de se aproximar da jovem, por medo de despertar a ira de Atena. Ao final, a própria deusa se compadeceu, então se aproximou de Aracne e a segurou nos braços para salvar sua vida.

– Sua falha foi grave – disse –, mas a morte é um castigo duro demais. Vou te deixar viver, Aracne, mas você vai permanecer pendurada, e a mesma coisa acontecerá com todos os seus descendentes.

---

2 Peça de cerâmica que se usa para entrelaçar os fios do tear.

Atena então borrifou em Aracne o suco de uma erva mágica que levava sempre consigo, e a jovem tecelã se transformou num pequeno animal de cabeça pequena e patas bem longas. Ao mesmo tempo, a corda que antes estava em volta de seu pescoço se tornou um finíssimo fio de seda, que saía de seu ventre. Atena olhou para Aracne e disse:

– Passe seus dias tecendo com esse fio que sai do seu corpo, e assim sua vida será mais leve.

Aracne, assim, passou o resto da vida tramando finíssimas redes nos cantos e alimentando-se dos insetos que ficavam presos nelas. E desse modo sempre viveram as aranhas, descendentes daquela orgulhosa jovem de Lídia que cometeu o erro de se achar melhor que os deuses[3].

---

[3] O mito explica a origem das aranhas, animal que, em grego, é chamado justamente pela palavra *aracne*.

O OURO DE MIDAS

O homem estúpido poucas vezes alcança a felicidade, pois não sabe valorizar o que tem. A história de Midas comprova isso.

Midas era filho do rei de Frígia[1], um país abençoado pelos deuses, onde as árvores estavam sempre carregadas de frutas, as flores exalavam um cheiro inebriante, e o gado crescia saudável e gordo. Desde o começo, ficou claro que Midas estava destinado a ser rico. Assim que nasceu, uma série de formigas desfilou até seu berço e empilhou em sua boca um punhado de sementes de trigo. Ao ver aquilo, a ama[2] do pequeno quase enlouqueceu de alegria.

– As formigas encheram de trigo os lábios do seu filho – explicou ao rei –, e isso significa que ele será muito rico!

Midas foi, de fato, um homem afortunado. Quando seu pai morreu, ele se tornou rei e, como em Frígia não existiam problemas, passava a maior parte do tempo passeando pelo campo. Adorava as coisas bonitas, por isso ordenou que plantassem em seus jardins milhares de rosas. Era um prazer contemplar e sentir o cheiro das infinitas flores do jardim, cuidadas por uma brigada de mais de mil jardineiros.

---

[1] Frígia era uma região do Oriente Próximo, localizada na atual Turquia. É atravessada pelo Pactolo, um rio citado no final desta história.

[2] Mulher que cria uma criança que não é sua.

O ouro de Midas

A sorte de Midas começou a mudar por acaso. Um dia, o deus Dioniso, acompanhado por seu séquito[3], passou por Frígia. Ia cantando e dançando, como sempre, porque Dioniso era o deus do vinho e das festas. Seus acompanhantes cambaleavam por causa do tanto de vinho que tinham bebido, e um deles, o velho Sileno, acabou caindo no sono no jardim de Midas. Na manhã seguinte, um jardineiro o encontrou debaixo de uma roseira e o levou para ver o rei. Midas tratou Sileno com grande gentileza e o hospedou no palácio por dez dias.

Quando Sileno se reencontrou com Dioniso, o deus lhe deu um abraço muito carinhoso, pois sentia verdadeira adoração por ele.

– Por onde andou, meu querido Sileno? – perguntou. – Não sabe o quanto senti sua falta!

– Caí no sono debaixo de uma roseira, mas Midas cuidou muito bem de mim. Me convidou para banquetes maravilhosos, me deixou dormir na melhor cama de seu palácio e mandou que seus criados me acompanhassem até aqui.

– Que grande anfitrião[4]! – disse Dioniso. – Hoje mesmo vou vê-lo e vou premiá-lo por ter te tratado tão bem.

Dioniso, de fato, foi em busca de Midas e lhe disse:

– Posso te conceder o dom que me pedir. Me diga: o que é que você mais deseja?

Midas não podia acreditar na sorte que teve. Ficou um bom tempo pensando no que pedir. Não era fácil se decidir, pois Midas era um homem poderoso e rico, tinha quase tudo o que uma pessoa pode querer na vida... Mas havia um dom que ninguém, por mais rico que fosse, possuía no mundo, e foi isso o que Midas pediu.

---

3 Grupo de pessoas que acompanha alguém importante.
4 Pessoa que recebe outra em sua casa.

– Quero que tudo o que eu toque se transforme em ouro – disse.

– Tem certeza disso? – perguntou Dioniso, achando aquilo muito esquisito.

– Certamente que sim – respondeu Midas.

– Então, a partir de agora, tudo o que teu corpo tocar se transformará em ouro.

Midas se dirigiu imediatamente ao jardim e, como um teste, ergueu uma pedra, que se transformou na mesma hora numa pedra de ouro. Louco de alegria, cortou uma rosa, que se transformou numa rosa de ouro, e depois pegou do chão um torrão, que adquiriu instantaneamente a aparência de uma reluzente barra de ouro.

– Sou o homem mais sortudo do mundo! – exclamou, entusiasmado. – Escolhi o melhor dom de todos!

Mas logo se deu conta de que a escolha não tinha sido tão acertada como parecia. Midas tinha um cachorro que o seguia por todos os lados e por quem tinha muito carinho. Pois bem: naquele dia, quando o animal se aproximou do amo e esfregou o focinho nos joelhos dele, se transformou num cão de ouro. Mais terrível, porém, foi o que aconteceu com a filha de Midas: a garota correu para abraçar o pai, como fazia todos os dias, e acabou transformada numa reluzente estátua de ouro. Dilacerado pela dor, Midas caiu de joelhos e começou a se lamentar.

– Que estúpido eu fui! – dizia. – Como pude pedir um dom tão absurdo? Se eu não tivesse sido tão ganancioso, agora a minha filha ainda estaria viva!

De fato, o próprio Midas estava prestes a morrer, pois nunca mais poderia comer nem beber. Se tocasse no pão para levá-lo à boca, o pão se transformaria em ouro, e a mesma coisa aconteceria com a água assim que roçasse seus lábios. Midas começou a

chorar e notou que suas lágrimas se transformavam em pedrinhas de ouro. Desesperado, correu em busca de Dioniso e se ajoelhou a seus pés.

– Me salve, por piedade! – suplicou. – Tire de mim o dom que me deu, ou vou morrer!

Dioniso, em vez de se entristecer, caiu na risada.

– Você se comportou como um estúpido, Midas, mas vou te ajudar. Se quer salvar a tua vida, banhe-se na fonte onde nasce o rio Pactolo, e vai perder imediatamente o dom que te dei. E faça o mesmo com a tua filha, se é que você quer que ela volte a te abraçar.

Midas seguiu as instruções de Dioniso, e assim conseguiu se salvar e recuperar a filha. E essa é a razão pela qual há tanto ouro nas areias do rio Pactolo: porque foi ali onde se banhou o destrambelhado Midas, para deixar de ser o homem mais rico e o mais infeliz do mundo.

PERSEU E A CABEÇA DA MEDUSA

Quando Zeus cismava com uma donzela, ninguém conseguia impedir que ele a conquistasse. Certa vez, ficou doido por uma linda jovem chamada Dânae, e não hesitou em levar adiante um estranho prodígio para desfrutar de seu amor. Dânae era a filha do rei Acrísio, de Argos[1], e vivia isolada do mundo, trancada na torre de um palácio. É que Acrísio tinha ouvido a profecia de que seu destino era morrer pelas mãos de um neto seu, de modo que, assim que Dânae chegou à adolescência, decidiu encarcerá-la, para que ela não pudesse se casar nem gerar filhos. "Se eu não tiver netos", pensava ele, "me salvo da morte."

Zeus, no entanto, conseguiu entrar na cela de Dânae sem que ninguém percebesse. Um dia, a jovem notou que uma estranha chuva de ouro se infiltrava pelo telhado da torre. Dânae estava estirada na cama, e as gotas foram caindo sobre seu peito e seu ventre. Nem sequer se preocupou em sair dali, pois era gostoso sentir o toque fresco da chuva sobre o corpo. Não tinha como saber que Zeus tinha se transformado em chuva de ouro para poder abraçá-la.

---

[1] Argos é uma cidade grega localizada na península do Peloponeso, a cerca de 100 quilômetros a sudoeste de Atenas.

Nove meses depois, Dânae deu à luz um filho. Acrísio não encontrou uma explicação para aquilo, pois tinha certeza de que nenhum homem tinha entrado na cela da filha. Apenas quando o pequeno Perseu chegou ao mundo, o rei passou a intuir o que tinha acontecido. Aquele menino estava rodeado por uma espécie de brilho, mais característico de um deus que de um ser humano, e foi então que Acrísio compreendeu que seu nascimento tinha a ver com algum prodígio sobrenatural. "Este é o neto que há de acabar comigo", pensou com aflição, e então decidiu matar o pequeno Perseu para salvar a própria vida. Mas, como não tinha coragem de matá-lo ele mesmo, resolveu embarcar o menino e sua mãe num caixote de madeira, que depois jogou ao mar. "Que os deuses decidam se mãe e filho devem sobreviver ou perecer[2]", pensou Acrísio.

Para Dânae e Perseu, a primeira noite no mar foi aterrorizante. As ondas eram tão fortes que o caixote parecia prestes a naufragar, e o pequeno Perseu chorava sem parar, pois pensava que o mar estava cheio de monstros sanguinários que queriam devorá-lo. A única coisa que abrandava seu terror era um anel de diamantes que Dânae levava no dedo, e que brilhava na escuridão. Perseu achava que os diamantes eram como espelhos diminutos que afugentavam os monstros. Foi a primeira vez que os espelhos o ajudaram a sobreviver.

Durante quarenta dias e quarenta noites, Perseu e a mãe vagaram sobre o mar à mercê das ondas. Por fim, numa manhã, as correntes levaram o caixote até a ilha de Sérifos[3], onde foi encontrado por uns pescadores.

---

2 Morrer.

3 Sérifos é uma das numerosas ilhas que formam o arquipélago das Cíclades, localizado no mar Egeu, a leste da península do Peloponeso.

– Vejam! – exclamaram, muito espantados. – Tem uma mulher e um menino no caixote! Vamos levá-los agora mesmo para o rei!

Em Sérifos mandava o rei Polidectes, que acolheu os recém-chegados no próprio palácio. Ali, Perseu cresceu até se tornar um jovem alto, elegante e com fama de valente, que manejava a espada com perfeição. Tudo correu bem até que Polidectes, quase sem perceber, começou a desconfiar de Perseu. Um dia, enquanto o via se exercitar com a espada, começou a pensar: "Esse rapaz ganhou a estima de todo mundo em Sérifos, e vai chegar bem longe na vida. Vai saber se algum dia não passa pela cabeça dele tomar o meu trono? É verdade que ele nunca me deu mostras de inimizade, mas os piores inimigos são os que agem de forma dissimulada, os que não nos fazem suspeitar de sua maldade até o momento decisivo."

Polidectes se assustou tanto que decidiu se desfazer de Perseu. Não teve coragem de matá-lo com as próprias mãos, nem de pedir a seus soldados que fizessem isso; assim, procurou uma maneira mais discreta e maliciosa de mandá-lo à morte. Um dia, chamou Perseu e disse:

– Um jovem como você, de sangue real, deve demonstrar seu valor realizando uma grande façanha.

– Faço o que me pedir – disse Perseu, orgulhoso.

Polidectes manteve-se em silêncio por alguns instantes e, em seguida, disse com um tom sereno, que tentava disfarçar sua maldade:

– Quero que você me traga a cabeça da Medusa.

Tratava-se de uma missão perigosíssima. Medusa vivia numa caverna no extremo ocidental do mundo, perto do país dos mortos, e era considerada um dos monstros mais cruéis da Terra. Na juventude, havia sido uma mulher muito bonita, mas os deuses a tinham castigado, tomando-lhe a beleza. Os sedosos cabelos da Medusa então se transformaram em serpentes ferozes, os olhos, em negros abismos, e os dentes se tornaram tão grandes e afiados que rasgaram seus lábios e bochechas. Inclusive, sua longa língua era aterrorizate, pois era inchada e rígida feito um cadáver. Mas o pior de tudo era que, por causa de um feitiço maléfico, Medusa transformava em pedra tudo o que olhava.

Perseu, no entanto, não pensou duas vezes antes de aceitar a missão. Por sorte, contou com a ajuda dos deuses para levá-la adiante. Hermes lhe deu sandálias aladas, com que pôde voar com rapidez até o distante país da Medusa. Uma vez ali, entrou sorrateiramente no covil do monstro, enquanto repetia sem parar as palavras que a deusa Atena lhe tinha dito: "Nunca, aconteça o que for, olhe de frente para a Medusa, porque, se fizer isso, na mesma hora você vai virar pedra." Então, Perseu se aproximou da Medusa sem olhá-la diretamente. Para vê-la, usou um escudo de bronze que Atena tinha lhe dado, e cuja superfície brilhava como um espelho. Ao ver Perseu, Medusa rugiu, mas o rapaz se manteve firme. Alçou o escudo, procurou nele o reflexo da Medusa e depois agarrou com força a única arma que levava consigo: uma foice[4] com

---

4 Espécie de faca comprida, mas de lâmina curva, com que se corta o trigo.

lâmina de diamante que Hermes havia lhe dado. Perseu desferiu um golpe brutal sobre o pescoço da Medusa, e então a cabeça do monstro, com seus milhares de serpentes de língua comprida, rolou pelo chão até o fundo da caverna. Em seguida, Perseu a recolheu com todo o cuidado, sem olhar para ela, e a guardou num surrão[5], que Hermes lhe havia dado para que pudesse levar a cabeça sem perigo até Sérifos.

A viagem de volta foi dificílima. A cabeça da Medusa pesava muito, e os ventos jogavam Perseu de um lado para o outro. Certa tarde, o jovem decidiu parar para descansar numa encosta que avistou no horizonte. Ao se aproximar, viu que alguma coisa se mexia num penhasco e, depois, percebeu que era uma jovem. Ela estava quase rente à água, e as ondas lambiam seus pés. O que estaria fazendo ali? Perseu chegou mais perto e então viu que a jovem estava acorrentada à parede do penhasco. Assim que a viu, sentiu no coração o fogo do amor, pois aquela jovem tinha um rosto lindo, uma pele branca como a espuma e os cabelos dourados como o sol. Perseu voou até ela e perguntou por que estava acorrentada. Andrômeda – assim se chamava a jovem – respondeu que era a filha do rei daquelas terras e, entre soluços, explicou a sua desgraça.

– Possêidon, o deus do mar – disse –, se zangou muito com a minha mãe tempos atrás e, como castigo, enviou um monstro marinho contra nosso reino, um monstro que matou centenas de pessoas e animais nos últimos meses. Possêidon disse que nosso reino voltaria a viver em paz se o meu pai me entregasse ao monstro, então aqui estou eu, esperando a morte...

---

5 Bolsa grande feita de couro.

– Mas isso é uma crueldade! – exclamou Perseu. – Vou matar esse monstro assim que ele aparecer!

– Nem pense nisso! – advertiu Andrômeda. – Essa fera tem a força e o tamanho de um dragão!

– E daí? Não tenho medo algum. Talvez eu não seja o homem mais forte do mundo, mas, onde a minha força não chega, chegará a minha astúcia.

Perseu, então, se pôs ao lado de Andrômeda e, quando o monstro apareceu, se preparou para enfrentá-lo.

Era uma fera descomunal, que nadava com muita rapidez graças aos poderosos músculos de suas nadadeiras. Faminta de carne, emergiu entre as ondas espumosas com a boca escancarada, decidida a destroçar a dentadas o frágil corpo de Andrômeda. A garota se assustou tanto que soltou um grito visceral. Perseu, em compensação, lançou-se do ar sobre o monstro com a foice na mão e tentou feri-lo até a morte. A partir daquele instante, homem e fera travaram uma batalha feroz. Em certo momento, Perseu chegou a cravar a foice na garganta do monstro, mas as escamas do animal eram tão duras que a arma não conseguiu perfurar sua carne. A luta exigia tanto esforço de Perseu que, ao final, suas forças estavam esmorecendo. Manter-se no ar e lutar ao mesmo tempo não era algo fácil, e a possibilidade de vencer a fera parecia cada vez mais remota... Perseu estava prestes a abandonar o embate quando, no último instante, uma ideia luminosa brotou em sua mente. Ele próprio tinha dito a Andrômeda: a astúcia podia ser muito mais valiosa que a força. Aniquilar a fera era, na verdade, a coisa mais simples do mundo.

Entusiasmado com a ideia, Perseu voltou rapidamente ao penhasco e pegou o surrão que tinha deixado perto de Andrômeda.

Abriu-o mantendo os olhos fechados e depois, com a cabeça da Medusa nas mãos, voou de novo até o monstro. Bastou a fera olhar para ela e na mesma hora se transformou numa enorme montanha de coral.

Em seguida, Perseu voltou para o lado de Andrômeda e disse:
– Você está livre.

Perseu obteve a melhor recompensa que podia querer: casou-se com Andrômeda, com quem iria ter seis filhos. E, claro, voltou a Séfiros para entregar a Polidectes a cabeça da Medusa. Entregou-a fechada no surrão, mas o rei não conseguiu resistir à tentação de olhá-la, então acabou transformado em pedra. Quanto ao escudo com o qual tinha vencido Medusa, Perseu o conservou até a velhice, e às vezes o lustrava por horas. Em certos dias, quando Andrômeda estava tão bonita que quase dava medo de olhar para ela, Perseu afastava a vista e contemplava o reflexo da esposa na superfície do escudo. "Quem sabe", pensava, "talvez a beleza também possa transformar os homens em pedra."

ORFEU NO INFERNO

Em Trácia, país fértil repleto de verdes salgueiros e macieiras silvestres, viveu, na Antiguidade, um famoso cantor chamado Orfeu, que tinha uma voz clara como o cristal e doce como o mel. Orfeu costumava cantar ao som de uma lira[1] que o próprio Apolo, o deus da música, tinha lhe dado. Suas canções, algumas alegres e outras tristes, não apenas levavam as pessoas a chorar de emoção, como amansavam as feras e faziam tremer as pedras. Podiam até mesmo alterar as forças da natureza, pois, certa vez, durante uma viagem no mar, quando uma tempestade ameaçava afundar o barco, Orfeu começou a cantar e sua voz aplacou a fúria terrível do vento e das ondas.

Orfeu se apaixonou por Eurídice, uma ninfa belíssima que vivia num dos bosques de Trácia. Amava-a loucamente, e se casou com ela acreditando que seguiriam juntos até a velhice. Por desgraça, no mesmo dia do casamento, uma cobra picou Eurídice no calcanhar e a matou, sem sequer dar a ela tempo de se despedir do marido.

Orfeu sentiu seu coração ser dilacerado de tanta dor. O pranto inundou seus olhos e, por meses, ele não fez outra coisa a não ser vagar pelo bosque: nem cantava nem falava com ninguém. Orfeu sentia que, sem Eurídice, sua vida não tinha sentido. Por isso,

---

1 Instrumento musical parecido com uma pequena harpa.

decidiu levar adiante uma façanha sobre-humana: viajar ao além-túmulo para recuperar a esposa.

– Você está louco! – advertiram seus amigos. – Ninguém pode viajar ao inferno e voltar com vida! Você tem que admitir, Orfeu: nunca mais vai ter Eurídice de volta!

Mas Orfeu não lhes deu ouvidos: preferia se arriscar a morrer a ter que viver longe de Eurídice. Certa manhã, então, entrou numa caverna que levava ao Tártaro, o mundo subterrâneo onde vivem os mortos. Foram horas descendo sem descanso, por meio de trilhas escuras abertas na rocha. Por fim, chegou às margens do rio Aqueronte, cujas águas separam a vida da morte. Ali vivia o sombrio Caronte, um velho raquítico cujo ofício era subir os defuntos em sua barca para levá-los à outra margem do Aqueronte, que é onde começa o inferno. Caronte era muito antipático e nunca conversava com ninguém, mas, quando viu Orfeu, não pôde ficar calado.

– Pode-se saber o que está fazendo por aqui? – disse. – Você não sabe que os vivos não podem se aproximar dessas paragens?

Em vez de responder com palavras, Orfeu pegou sua lira e começou a cantar uma canção leve feito a brisa, que evocava o deleite de um passeio por um caminho ensolarado. Caronte então se lembrou de sua mãe e sentiu saudade do cheiro da pele dela, e seus olhos se encheram de lágrimas, lágrimas de um menino que pede atenção. Embora Caronte não tenha dito nada, era evidente que Orfeu tinha conseguido convencê-lo a fazer algo proibido: levar um homem vivo à margem dos mortos.

– Suba na minha barca – disse a Orfeu.

Já na outra margem, Orfeu foi adentrando pouco a pouco a escuridão do Tártaro. Fez isso sem parar de cantar, e sua bela voz conseguiu amansar o feroz Cérbero, o cachorro de três cabeças que guarda as portas do inferno para impedir que os vivos passem. Desse modo, Orfeu conseguiu chegar diante do próprio Hades, o rei do além-túmulo. Também cantou para ele e o comoveu com a beleza de seu canto.

– Está bem, Orfeu – disse Hades –, pode levar com você a sua esposa. Mas há uma condição...

– Peça o que quer e eu obedeço – disse Orfeu, cheio de alegria.

– Quando fizer o caminho de volta, Eurídice seguirá seus passos, mas você não deve jamais se voltar para olhá-la. Não vire a cabeça, Orfeu, ou Eurídice regressará ao inferno na mesma hora. E, se a perder pela segunda vez, não voltará a vê-la nunca mais.

– Não se preocupe: sairei do Tártaro sem virar a cabeça nem uma única vez.

Orfeu, então, empreendeu o caminho à luz, com a certeza de que Eurídice o estava seguindo, e voltou a cantar ao som da lira. As notas de sua canção iam se trançando como uma escada de corda: cada nota se tornava um degrau, cada estrofe elevava um pouco mais a escada. Durante o trajeto, Orfeu não se virou uma só vez para olhar Eurídice. Mas, quando já estavam bem perto da superfície da terra, e a luz do dia começava a iluminar a gruta, Orfeu sentiu um medo incompreensível. De repente, ficou aterrorizado com a possibilidade de que Hades o tivesse enganado. E se Eurídice não estivesse às suas costas? E se tivesse se perdido pelo caminho? Movido por um terror incontrolável, Orfeu virou a cabeça e, no mesmo instante, tudo se acabou: uma olhada bastou para que Eurídice se afundasse rapidamente nas profundezas do Tártaro.

Ninguém seria capaz de descrever a dor que Orfeu sentiu ao compreender que tinha perdido Eurídice pela segunda vez, e para

sempre. Suas faces ficaram devastadas pelas lágrimas, seus cabelos se tornaram brancos de repente, e o mundo perdeu para ele todas as cores e aromas. Nos anos seguintes, sua voz só pôde entoar canções tristes. Assim, abandonado à melancolia, Orfeu foi ficando velho e chegou a hora da sua morte. As musas[2] o enterraram em um lindo vale à sombra do Olimpo, onde os rouxinóis se juntam desde então para cantar. Orfeu não pode ouvi-los, mas não se importa, porque agora ele é feliz: está na margem dos mortos, ao lado de Eurídice, e já não tem medo de perdê-la.

---

[2] As musas eram divindades que inspiravam poetas, músicos e pintores, entre outros artistas. Eram nove, e viviam com Apolo, o deus da poesia e da música.

ULISSES
E O CAVALO DE TROIA

Os gregos tinham declarado guerra a Troia[1] e estavam havia dez anos acampados diante das portas da cidade. Repetidas vezes, tentaram invadir seus muros, mas Troia parecia inexpugnável[2], de modo que o desânimo acabou por se espalhar entre os soldados gregos e entre os próprios capitães. Dez anos longe de casa, sem ver suas mulheres e filhos, era tempo demais.

Havia um capitão, no entanto, que mantinha a esperança da vitória. Era Ulisses, o rei da pequena ilha de Ítaca. Ele tinha fama de esperto e mentiroso, mas também de corajoso e obstinado. É que jamais, em hipótese alguma, ele se rendia. Enquanto seus companheiros se entregavam à tristeza, Ulisses buscava obsessivamente uma estratégia para conquistar Troia.

Certo dia, por fim, ele teve uma boa ideia. Na verdade, foi Atena quem a forneceu: na forma de uma leve brisa, a deusa se aproximou de Ulisses e lhe sussurrou no ouvido a artimanha[3] de que

---

[1] A cidade de Troia ficava na atual Turquia, às margens do rio Egeu e do estreito de Dardanelos. De acordo com o mito, os gregos declararam guerra à cidade porque o príncipe troiano Páris raptou a bela Helena, a esposa do rei de Esparta, uma das principais cidades gregas.

[2] Que não se pode conquistar pelas armas.

[3] Ardil, engano.

ele precisava. Ulisses se reuniu em seguida com os outros capitães gregos e lhes disse que sabia como conquistar Troia.

– Meu plano não pode falhar – disse.

Ao ouvir aquilo, Agamêmnon, o chefe supremo das tropas gregas, se entusiasmou.

– O que é preciso fazer? – perguntou a Ulisses.

– Levantar acampamento. Vamos sair daqui!

Agamêmnon ficou confuso.

– Mas você perdeu o juízo? – disse. – Acha mesmo que devemos voltar para casa? Está brincando, não é?

– Mas é claro que não – respondeu Ulisses. – Nem estou brincando nem estou louco. Abandonar o acampamento é apenas o primeiro passo do meu plano. Vejam, pensei no seguinte...

Ulisses descreveu seu plano em detalhes. Agamêmnon ouviu com atenção, sem fazer um só gesto, mas, assim que Ulisses acabou de falar, proclamou, com um largo sorriso:

– É uma ideia magnífica!

Três dias depois, ao amanhecer, quando os troianos surgiram na planície que se estendia diante da cidade, não podiam acreditar no que estavam vendo. Os gregos tinham levantado acampamento e, ao longe, no mar, viam-se os barcos deles, navegando para o oeste. Deífobo, que era um dos filhos do rei de Troia, exclamou com alegria:

– Os gregos se renderam! Levantaram acampamento e estão voltando para a Grécia!

A notícia se espalhou na mesma hora por toda a cidade. As pessoas pularam de alegria ao saber que os gregos tinham ido embora, e um clamor de entusiasmo se alastrou por todas as casas e palácios de Troia. Ninguém entendia o que poderia ter acontecido para que o inimigo tivesse partido de forma tão apressada.

Ulisses e o cavalo de Troia

Seria por que os gregos tinham admitido que nunca conseguiriam conquistar Troia? De qualquer forma, a guerra tinha terminado. Nunca mais rios de sangue, gritos de dor dos feridos, pranto das mães que viam seus filhos morrerem diante dos muros da cidade!

De repente, do alto da muralha, uma das sentinelas[4] de Troia apontou para longe e gritou:

– Olhem, os gregos deixaram uma coisa no acampamento!

De fato, entre as barracas abandonadas, via-se uma escultura de grandes dimensões. O rei Príamo quis examiná-la de perto, então saiu da cidade acompanhado de vários de seus filhos e da maior parte dos nobres de Troia. Ao se aproximarem, viram que a escultura era um enorme cavalo de madeira, alto como o mastro de um barco. Era tão bonito que os troianos o olharam fascinados por um longo tempo. O rei Príamo afagou a barba branca e disse:

– Derrubaram milhares de árvores para construí-lo...

O cavalo estava pintado de um amarelo brilhante, menos nas crinas[5], pintadas de um vermelho vivo que lembrava a cor do fogo. Para que a escultura ficasse mais bela, tinham-lhe incrustado esmeraldas[6] nos olhos e fragmentos de marfim nas correias, e haviam posto grandes ferraduras de bronze, que desprendiam um brilho ofuscante. Aos pés do cavalo havia uma faixa que dizia: "Este presente dos gregos é uma oferenda dedicada a Atena, para que nos permita voltar a salvo para casa."

– É uma oferenda para Atena... – disse Deífobo.

---

4 Soldados que vigiam um lugar para alertar os seus caso um perigo se aproxime.
5 Conjunto de cabelo que os cavalos têm na parte posterior do pescoço.
6 Pedras preciosas de um verde intenso.

Ulisses e o cavalo de Troia

– Os gregos veneram Atena – explicou Príamo. – Não teriam ousado embarcar sem lhe fazer uma oferenda.

– Se o cavalo é uma oferenda, não podemos destruí-lo – advertiu um dos nobres de Troia.

– Claro que não – assentiu Deífobo. – Será preciso levá-lo para dentro da cidade e deixá-lo diante do templo de Atena. Senão a deusa vai nos castigar sem dó nem piedade.

Todos os que ali estavam concordaram com Deífobo: agora que a guerra tinha acabado, não era bom irritar Atena. Então, os troianos arrastaram o cavalo para dentro da cidade com a ajuda de grandes cordas. Já estavam prestes a atravessar as portas da muralha, quando soou uma voz enérgica, que dizia:

– Deixem o cavalo fora de Troia! Com certeza tem alguma armadilha aí! Ou vocês não sabem como os gregos são sorrateiros?

A mulher que gritava era uma das filhas de Príamo: a jovem Cassandra.

– Se puserem esse cavalo dentro de Troia – insistiu –, a morte e a devastação vão se alastrar pela cidade!

– Não seja desmancha-prazeres, Cassandra! – retorquiu um dos homens que puxavam o cavalo.

Mitos gregos

– Deixe de assustar as pessoas! – gritaram outros.

– A guerra acabou! Não podemos ofender Atena deixando o cavalo fora da cidade!

Ninguém, enfim, deu ouvidos a Cassandra. E o mais impressionante era que aquela jovem tinha o dom da adivinhação. No entanto, os deuses a tinham castigado negando-lhe a capacidade de convencer as pessoas, de modo que ninguém em Troia prestava atenção em seus vaticínios[7]. O cavalo, então, foi arrastado para o interior da cidade e deixado às portas do templo de Atena. Em seguida, os troianos foram comer, beber, cantar e dançar durante todo o dia para celebrar o inesperado fim da guerra. Acabaram tão cansados que, assim que a noite caiu, foram dormir, e um grande silêncio se apossou da cidade.

– É hora de atacar! – ouviu-se então dentro do cavalo.

Era a voz de Ulisses. Soou alegre, e com toda razão, porque era evidente que seu plano tinha funcionado. Acontece que o cavalo de madeira era, na verdade, uma armadilha. Seu ventre era oco, e nele tinham se escondido Ulisses e outros vinte guerreiros para entrar em segredo em Troia. Durante o dia todo, tinham permanecido em silêncio, suportando com resignação o calor asfixiante que fazia dentro do cavalo. Mas, enquanto os troianos dormiam, Ulisses e os seus deixaram a escultura, deslizando até o chão com a ajuda de cordas compridas. Depois, correram para as portas da muralha e as abriram de par em par para que os soldados gregos, armados até os dentes, pudessem entrar em Troia. Afinal, na verdade eles não tinham ido embora de volta à sua pátria, apenas fingiram que se foram.

---

[7] Profecias, anúncios de algo que deve acontecer no futuro.

A destruição se espalhou por toda Troia. Os gregos estouraram as portas dos palácios, queimaram os templos, condenaram à morte todos que opuseram resistência e mataram o rei Príamo, perfurando seu ventre com uma espada. Quando Troia estava reduzida a cinzas, os gregos embarcaram rumo à sua pátria. Estavam muito felizes, pois finalmente iam pôr os pés em casa, finalmente iam beijar suas mulheres, finalmente poderiam abraçar seus filhos.

* * *

Título original: *Mitos griegos*

© Texto original: Maria Angelidou
© Ilustrações: Svetlin Vassilev
© Adaptação e notas do texto original: Miguel Tristán e Gabriel Casas
© Edição original: Editorial Vicens Vives, s.a.o. www.vicensvives.com
© 2025, Livros da Raposa Vermelha, São Paulo, para a presente edição.
www.livrosdaraposavermelha.com.br

Tradução: Livia Deorsola

Acompanhamento editorial: Fernanda Alvares
Preparação de textos: Leonardo Ortiz
Revisões: Eliana Bighetti e Janaína Mello
Produção gráfica: Geraldo Alves

Dados Internacionais de Catalogação na Publicação (CIP)
(Câmara Brasileira do Livro, SP, Brasil)

Angelidou, Maria
 Mitos gregos / Maria Angelidou ;
adaptação Miguel Tristán, Gabriel Casas ;
ilustração Svetlin Vassilev ; tradução Livia Deorsola.
1. ed. - São Paulo : Livros da Raposa Vermelha, 2025.

Título original: Mitos gregos.

ISBN 978-65-86563-41-2

1. Literatura infantojuvenil I. Angelidou, Maria.
II. Casas, Gabriel. III. Vassilev, Svetlin.
IV. Título.

25-254356　　　　　　　　　　CDD-028.5

---

1. Literatura infantojuvenil 028.5
2. Literatura juvenil 028.5

Aline Graziele Benitez - Bibliotecária - CRB-1/3129

Primeira edição: março 2025

Todos os direitos reservados. Este livro não pode ser reproduzido,
no todo ou em parte, nem armazenado em sistemas eletrônicos
recuperáveis nem transmitido por nenhuma forma ou meio eletrônico,
mecânico ou outros, sem a prévia autorização
por escrito do Editor.